物质的深度

罗巴 著

时代出版传媒股份有限公司
安 徽 教 育 出 版 社

图书在版编目（CIP）数据

物质的深度 / 罗巴著.—合肥:安徽教育出版社, 2023.12

ISBN 978-7-5748-0156-1

Ⅰ.①物… Ⅱ.①罗… Ⅲ.①诗集－中国－当代 Ⅳ.①I227

中国国家版本馆CIP数据核字（2023）第248640号

物质的深度
WUZHI DE SHENDU

出 版 人:费世平
策划编辑:何　客
责任编辑:黄晓宇
装帧设计:张鑫坤
责任印制:陈善军

出版发行:安徽教育出版社
地　　址:合肥市经开区繁华大道西路398号　邮编:230601
网　　址:http://www.ahep.com.cn
营销电话:(0551)63683012,63683013
排　　版:安徽时代华印出版服务有限责任公司
印　　刷:安徽联众印刷有限公司

开　　本:880 mm×1230 mm　1/32
印　　张:14.5
字　　数:231千字
版　　次:2023年12月第1版　2023年12月第1次印刷
定　　价:68.00元

（如发现印装质量问题,影响阅读,请与本社营销部联系调换）

目 录

你们注视我的温暖目光（自序）　001

物质的深度

岩　石	003
粮　食	004
塑　料	006
烟	008
金　属	009
线	011
漆	013
瓷	015
骨　头	017
玻　璃	020
利　斧	022
布	024
水	026
纸	028
煤	030
木　材	032

铁	034
暗　器	036
玉	037
光　芒	039
我们手上的泥	041
苹　果	043
铅	045
锤	047
铁钉与曲线	049
一粒小米与另一粒小米	051
树	053
有着三个角的星	055
牛角号	057
年底的雪	058
简单的两轮推车	060
铁皮屋顶	062
落　花	064
铁打的脸	066
锚	067

烈度中的言辞

随着时间前往	071
找到又烧掉1985年的照片、书信和纪念	
	073

我的爱情	075
情人节	077
在初夏回想一个莫须有的圣诞之夜	080
我要在月圆之夜回家	082
绝望感	084
履　历	086
上午十点的邮件	087
我已经说过	089
我被迫沉默	091
相见晚	093
12月或者1月：夜色浓重	095
桌面落叶	097
追　问	098
在全封闭的室内	099
数　字	101
无　题	102
无法听见的下雪的声音	104
心中的金子	106
今天我像一朵花开在纸上	108
不　惑	110
将醉酒	112
我的朋友就要来了	113
我：街道边小小的书屋	116

纸上的倾诉

读你的信	121
发的召唤	123
七月四日的雨	125
再　见	127
写在信封背面的短诗	128
1. 碎珍珠	128
2. 酒杯落下	129
3. 忘却之夜	129
4. 蛙声的馈赠	130
5. 灵魂赶路	131
中间真的隔着大海	132
临别的那种夜晚	134
1. 再感动一次	134
2. 中远景	134
3. 一　夜	135
4. 此　岸	136
和 LX 在经过符离集的慢车上	137
错　过	138
诗广告	139
抵　挡	
——致 N	140
我所爱的人	141
除　夕	142

穿花衣的人们	144
秋　天	146
给　你	148
某一种深刻	151
始与终	152
想　起	153
婴儿的小脸	154
烛光中谈话的两个人	156
过　客	158
武　汉	160
又到年底	162
我乘坐纸张	163
我看见父亲	165
铁路通向何方	167
沙滩上的名字	169
让我穿越你的梦境	171
咖啡的馆	173
去年和今年的某个夜晚	175
我去过	177
暴雨过后	179
路过广州	181
难　得	183

远处的故乡

故乡：1970年代　　　　　187
　　1. 小　学　　　　　187
　　2. 过　年　　　　　188
　　3. 妈　妈　　　　　190
　　4. 清明时节　　　　192
　　5. 小　河　　　　　194
　　6. 明　月　　　　　195
　　7. 六个女青年　　　196
　　8. 郊　区　　　　　198
　　9. 伙　伴　　　　　199
　　10. 瓦　房　　　　　201

公　路　　　　　　　　204

农业国　　　　　　　　206
　　1. 选　种　　　　　206
　　2. 兄　弟　　　　　207
　　3. 大地上的耕作者　208
　　4. 耕作者之死　　　210

怀　宁　　　　　　　　212
　　1. 人　物　　　　　212
　　2. 田里长出的贡品　213
　　3. 在星空下　　　　215
　　4. 美　人　　　　　216
　　5. 在风俗中　　　　217

6. 方　言	218
7. 山　水	219
8. 战　争	221

乡村组诗　　　　　　　　　　223

1. 宽达四公里的河床	223
2. 回到建在泥土上的家	224
3. 像我这一代人	225
4. 锯木头过冬	226
5. 有一个情人在我家乡	227

发亮的河	
——献给父亲和母亲	229
老　家	231
在乡下	233

墙与窗

江南的雨	239
鹰　王	242
我家的雨水经过我门前回到海里	244
快枪手	246
夜行者	248
那年落下的叶	250
海　盗	252
春　季	253
倒　叙	255

荒　年	256
船两只	257
1. 纵　深	257
2. 语　言	257
3. 船两只	258
倾　听	259
源　头	260
说给蝴蝶听	263
铲雪的人	265
候鸟群	267
理　解	269
黑暗的萨克管	270
将钢筋向上传去	271
从后面照过来的阳光	273
可能的猛虎	275
心　情	277
有人在深冬看一本书	279
天　桥	281
雨　季	283
做一块石头	285
一只豹子注视非洲大陆	287
我的心是如此疯狂	290
第十一楼	292
今夜，群星	294
咏　梅	296

| 五月艳阳下，蝴蝶 | 299 |
| 墙与窗 | 301 |

升或者降

逍遥津动物园里的鹰	305
今生，或者是前世	307
1. 痛	307
2. 前 世	308
3. 苦 难	309
4. 天边外	310
感受伟人	312
1. 看不见的荷马	312
2. 旅行者哥伦布	314
3. 文森特·凡·高	315
4. 亚伯拉罕·林肯	317
5. 梦游者但丁	319
6. 阳光下的哥白尼	321
学习，在人群中说话	324
9月12日的黑暗	326
在谷底	327
鸟：天黑以后	328
从天上落下几片羽毛	330
工 作	332
空无一人的大街	335

读书者	338
没有的士	342
邮　件	345
与屈原所在之时代相同的愿望	347
水　神	349
阳光下的睡眠	351

读给谁听

我们走过广场	355
到西部去	361
献头者	364
勇　士	366
有时我爱听你谈起西藏	367
我的大学	368
与新疆相关的三首诗	371
1. 从此刻开始发光	371
2. 向阿勒泰	372
3. 我爱这人间烟火	373
西藏组诗	376
1. 在林芝的两个白天和三个夜晚	376
2. 西藏，一定有个巨大的秘密	378
3. 米拉山口的一只鹰	380
4. 关于西藏	382
5. 戴帽子的拉萨	384

我的母语 387

当年的自语

我坐在门前 393
行　为 395
不知道什么是等待 396
我面朝世界 398
对　应 399
蜗居在城市一角 400
日子普普通通 402
可惜了一个朋友 404
中国节奏 406
小　诗 408
中　秋 409
冬　天 410
背向十月的阳光 412
我是个穷光蛋 413
菊　展 414
今天有你需要的一切 415
北京时间七点 416
无　题 417
关于母亲的河流 418
我将一切放在桌上 420
等信的人 422

听	423
从这里望出去	424
鸟　王	425
春天在对面的酒店里喝着龙井	428
马儿应该振作精神是不是	430
山　鬼	431
夏时制下午三点的敌情	433
午后的好风	434
窝　棚	435
一次会见	437
某个上午	438
干草堆	439
日　志	441
秋日下午	442

你们注视我的温暖目光（自序）

这是一部来得太迟的诗歌集。

我的父亲和母亲是不识字的。在我上小学时，母亲几乎每天晚上，都在煤油灯下纳布鞋鞋底，即使是滴水成冰的冬夜也不例外。她还有一件比纳鞋底更重要的事，就是逼我写字，现在叫做作业。每天晚上，我必须写满一百个字才能去睡觉。当我宣称已写完一百个，她就一个字一个字地数。字写得对还是不对，她并不知道，但是她数汉字数得极准。因为要完成这个任务，我必须每天晚上翻课本，常常是将语文课本上的文字抄上一两段。那时候小学课本很薄，一段时间下来，都抄完了，也烂熟于心了。我开始想读读课本以外的书，写一些新的字。为此我有意接近村里识字的人家的孩子，从他们家有限的几本书里借书读。记得是小学四年级，开始读《西游记》。满书的繁体字，虽然认不全，但吴承恩先生的奇思妙想深深地吸引着我，靠着向老师借的一本《新华字典》，我很快将小说读完。从此，我就老想着：我要是也能写小说，写书，该有多好！文学的种子，在小学时就种进了我的心田。惭愧的是，直到今天，我才出版自己的第一本书！现在想来，真的有负少时的梦想！

最初只想着写小说，初中二年级时还真的试着写了。将自己的"短篇小说"寄到所在县的杂志《怀宁文艺》，自然是石沉大海。那时又读到一本《伊索寓言》，就试着写了一篇短小的寓言，没想到还真发表了！竟然还收到一元钱的稿费汇款单！这张汇款单母亲一直没让我去邮局取款，它被母亲收藏了很久。它是我文学道路第一步的见证者。1981年在《安徽青年报》发的两首小诗，才是我走向诗歌的起点。

真正全身心投入诗歌写作，是进入大学以后的事。进校第一天就在报摊上看到铅印的《安徽师大》报，上面印了好几首诗歌，有欢迎新生的诗，有咏物言志的诗，有写景抒怀的诗。它们再次唤醒了我的写作梦。每天我除了功课,就是去图书馆抢座位、读文史哲,回到教室里写诗。那时真的单纯,真的热烈,真的全力以赴。20世纪80年代的大学校园,诗歌是青春的最高表达。我所在的大学更是这样。怀着对诗歌神圣的热爱,紧跟高年级同学,我有幸参与后来名闻全国高校的"江南诗社"的创办,成为第三任社长。我怀着热情写的一些幼稚的诗歌,开始在全国纯文学刊物发表。大学毕业后,我一个人走向省城合肥,诗歌的氛围看上去淡了不少,却进入了一个独特的"诗歌地理区域"。我所在的合肥屯溪路,从东到西,住了一批安徽的成名诗人:合肥工业大学逼仄的平房里住着名闻天下的梁小斌,合肥二中周边城中村的出租房住着诗人、《诗歌报》编辑姜诗元,诗人、《安徽画报》编辑查结联,诗人、安徽电台编辑江文波,省地矿局宿舍住着诗人韦法明、侯卫东。那时我们称屯溪路为"诗歌之路"。在这特殊的诗歌气场之中,我不断受到激励和滋养,开始思考如何跳出大学时代的诗歌窠臼,尝试着突破、突围、突显。1988年,我试着创作带有系列诗特征的《物质的深度》。事实证明,它给当时困惑的,甚至有些沮丧的我带来了难得的文学自信。《物质的深度》组诗，在诗歌界引起了一定的反响。我根本没有想到，这组诗中的作品，获得了好几项国内诗歌奖。更想不到，在将它一个字一个字地转换成繁体字、寄往台湾省《中国时报》之后，竟然被素昧平生、早已名满诗坛的商禽、白荻等评委们高看，获得第十二届"时报文学奖"新诗首奖！商禽称读《物质的深度》如"冷水浇背，陡然一惊"。如果不是当时客观环境限制，当年我被邀赴台访问讲学料能顺利成行。

随着东方诗歌的发展升级，诗歌读者评读诗歌的趣味和标准已经发生了巨大变化。现在回头再读这本诗集中的诗，很可能会让你觉得失望。不过这又有什么关系？我想做的，只是在21世纪回过头来告诉这世界：我写作过，在当时；我尽力过，在当时。

1992年，不是因为我对诗歌的热爱降温了，而是因为我对诗歌的敬畏更加强烈，在再也找不到更好的诗歌写作角度和方式、做不到再次突破自己的情形下，我不想勉为其难地坚持，我决定放下诗歌，不声不响从诗界消失。三十年后，因为出版本书，我再次回到诗歌面前，并且又一次拿起诗笔。我的新作，将另行结集出版。

这本集子里绝大部分作品，都写于20世纪八九十年代。它们带着那时的光线、色彩和温度。也许它们是过时的，也许它们又恰恰因为过时而显出另一番新鲜。为了此书的出版，许多朋友劳心费力，我的学长们，我的诗友们，出版社的编辑先生们，在此一并谢过。我还要谢谢在诗歌之路上扶持过我的师友们。谢谢每晚执着于数汉字的我的母亲。谢谢我的妻子和孩子，这些年无论我如何折腾，他们都听之任之。我沉沦于诗歌也好，我与诗歌远离也好；我为稻粱谋也好，不为五斗米折腰也好，他们注视我的目光，时时都是温暖、信任的。

物质的深度

岩　石

岩石粗鲁而沉重
岩石拦住我们的视线
让我们思想的光束折断
哗然落地

岩石被作为屏障
安放在我们周围
在我们的脚掌下
是岩石制作的水泥
在水泥的脚掌下
是岩石制作的星球

我们凝望岩石　感受到岩石
我们想到
岩石作为一切的底座
正高举着儿童和老人
岩石的拳头
把我们击痛

岩石沉默　岩石从未走开

1987

粮 食

粮食能做到这一切

粮食的手隐藏在我们的大手之中
紧抓操纵杆　旗杆
斧柄和锤柄
在我们的头颅内部
粮食正在激烈思想
构思整个世界　全部人生
疲劳的时候　粮食
在我们的骨缝里咔然有声

为了做到这一切
粮食养育了我们

作为它的载体　它的一节车皮
我们种下它
用最好的物料喂它
收割它
在纯净的水和热情的大火中
重新塑造它
我们从牛的身上　从江河的底层
从一切它可能抵达的地方

找出它们　最后
将它纳入我们自身

粮食没有双脚　但它走遍世界
我们清醒地知道
粮食一直使用着我们

只是粮食的存在
永远地打消了
我们离开它的悲壮念头

1988

塑　料

败类在塑料之外
塑料从未想到腐烂

文明的体内
布满塑料厚深的暗影
而它本身
是光亮的　没有铜绿

你的手触在塑料腿上
必使它变脏

在塑料的深处
有更真实的塑料
在塑料的外围
有更大的利器　更猛的气压

塑料站立着
这说明了一切
塑料平躺着　斜斜地插在地上
这也说明了一切

这塑料比你将要年长

比那巨大的银杏将要年长
塑料从未用年轮
记叙自己的经验
英雄和懦夫都去世了
都还原成我们的立锥之地

可塑料不

1988

烟

烟从火中出逃
烟的诞辰
满怀退却的勇气

从火的利齿间出发
烟升上青草的头顶　冬雪的头顶
最后　烟突然解散

你要是正巧躺在草地上
你又正好仰望着奇异的天空
看见这一切
你可能会哭

沉思的人回到家里去
你生火取暖做饭
或在烈火上打制性格
这时才会悟出
烟是不听劝阻的欲望
它总在设法离开这里

1988

金　属

今天你强迫我弯曲
屈膝弓背　暗藏住光芒
你用更强的火焰
灼穿我的舌头
在铁砧与铁锤之间
在我旧日兄弟手中
我已不能申诉

唯有消瘦和死亡
才能引证真理
今日或者明天
我要被做成新的锤夯
去改变我的后代

捆绑在铁砧上
我最多只能仰望漏水的屋顶
想着屋顶上的苍穹多么高远

连最老的匠人
也无法懂得我的屈服
是的　我弯下腰去
在炉火和流汗的胳膊前

我的双手
遮掩了自己的脸
我已把自己永远烫伤

1988

线

我们总在按一些线的旨意行走
我们走完一根线
就踩上另一根线
顺着它走下去一定有一个结果
也一定有一个人
住在夕阳之内
抬头看你行走的姿态
然后　那个人沿另一根线走来
让你看她行走的姿态

我们偏离了这些线
可能会被抓住
受审的时候
我们被迫就范于另一根线
这根线用完的那天
我们看见下颌的胡须
编织起来
足以缠住后半生

线有断的时候
我们停下手脚　仔细想一想
我们是否真想听一听线被挣断的声音

仅仅是听一下

线和线都只是点的纵队

1988

漆

漆用那尖锐的光芒笼罩我
冷漠的光
横穿徒有四壁的家
直刺外界

循着它的指向走
我们就找出我们的住处
在那里
漆被唰唰晾在木头表面
钢铁的表面
作它们的脸孔　它们冬天的衣
它们不烂的青春的短裙

我们的手代替我们
抚摸着漆
我们自己的脸
长久地贴在木头的脸上
在绝望而归的傍晚
我们都要历经等待
只有漆宽慰着我们
挽留住我们

一块剥落的漆
足以在我们铁铸的身体上
划成一道伤口
那深红的活着的射线
足以穿透一生

1988

瓷

一层瓷就形成一阵细细的呼啸
我只有缩回双手
重新去搬动搁下的钢铁

它从泥土中旋转而出
它远渡重洋
把它的国家带到满满一个世界
在我们祖先的瞳仁中
我们见到过它
留在时间上的飞旋之光

现在我们亲自注视瓷
我们缩回双手　离瓷很远
我们承认被美刺伤
我们承认是因为过分的爱情
纯洁的爱情
心关押在一个短短的句子里
瓷一样不堪一击

在你的古玩架上
瓷已站立多时
只有我知道

瓷的分量正日日加大
最终要把我们肩上的钢铁压弯

1988

骨　头

1

骨头伸出双手
挽紧我的肌肉
和我的血
一同在残照中行走

我曾感到骨头是一把干透的柴
在耻辱前燃烧
正是骨头
命令人反抗
然后牺牲　轰然倒地

他们被埋进土层
但骨头走了出来
到墓碑上做了文字
前方的祖先和后面的子孙
时时都能看见

骨头受伤的时候
可能我的肌肉和血

却十分平安
和心脏的伤口一样
骨头的伤口
只有骨头自己知道

猛然间你听见骨头断裂的声音
看到骨头弯曲的过程
你该停顿一下
仔细检视自己的内部

2

骨头站起来支撑住我

在我的性格中
骨头总让路过的人碰见
它的边缘部分
早已十分锋利

冬天的夜晚
我站在灯火丛中
审视自己骨头的告诫
那些前来寻找我的人
将同我的骨头接触　对话　建立友情

谁将我的肋骨抽出

插花一样插进书本
做成了我爱过的人
我的妻子
我正在爱的人

你的头放在我的肩上
就因为那里有最硬的骨头
你的十指捏造着明天
迎面而来的明天　十分强硬

骨头的故事
只能在野史中流传
在我的骨头面前
你的骨头会撞得稀烂

1988

玻 璃

无数刀刃合成了玻璃
在平安的早晨
阳光从窗外冲来
我能在牛奶的杯子里
听到玻璃的喘息

而血　从来就不是奢侈品
接近玻璃　但远离它的神经
在玻璃身边生活
不要发火
对外面的事情坚守沉默
对屋里的事变保持冷静
妻子或者女儿或者我们自己
都带着玻璃的组织

体现脆弱的时候
正是玻璃起义的时候
碎裂之后　玻璃会行动
玻璃的行动是以退为进

以静制动
在玻璃的目光前

最好学会模仿一位绅士

1988

利 斧

利斧的光照在对面的木墙上
利斧的光
从木墙中穿过
如白色的睡袍　在山草上沙沙作响

我在院内劈柴
这个世纪
我在院内劈柴
利斧的光
停留在日落的天边照耀我

汗水从我中流出
利斧自动出现时
我的生命离河流很远　在山林之中
利斧天生锋芒毕露

利斧砍断岁月或者其他
利斧的光清洗我脚下的地面
和头顶的天空

这个世纪刚刚开始那天
我手提利斧在岩石中走动

突然想回到院子之中
去劈那遍山木柴

1988

布

出去或者进来
不论你怎样行动
我们都看见布

在布的周围
有过长着利齿的风和火
在遥远的地方
有被放逐的人
有一种敌人叫作寒冷
每年都向你远征

但布组成我们身上的一切
布含有我们血的颜色
我们青春的颜色死的颜色
布在世界上飞动着　行进着
布的身上　画有许多太阳　云朵和动物
当布作为旗帜时
便是国家的家　政党的家
殉国者的家

我们有时亲耳听见
布被撕裂的声响

那时　新的布已经找到
过去的布总要烂掉

1988

水

以地为天　水
在地上飞动　在风中
水先后站起来　又倒下
大地　常要片片裂开

我们怀抱着水
它是沙漠中万物的目标
我们找到水之后
就能够从水中看出
生命挣扎的全部过程

船在水上行进　船
运载着我们
我们这时靠近着水
又远离着水
我们用桨　取代我们
过于短促的双手
将水从身边推开
上岸之后　回首西望
水仍无限平静

水向四面八方走去

平凡的日子　你认真坐着
你能从你的血管中
感到水在地上行走的节奏

在很早以前　水
就将土和土分开
在很迟很迟以后
水也要把土和土分开

1988

纸

一切烧伤都可以治愈
只是除了纸

那么多士兵的战靴
在纸的脊背上碾过
那么多武器的主人
在和平的街头
踩着单车　忘记纸的重量

纸只是弯曲一下
颤抖一下
又重新安静下来
战争时纸被找出来
代表一次命令　一片焦土
只有这时
纸
才被一个民族的泪水打湿
才被士兵和人民握到手中
悬挂在心房的墙上

如果纸懂得微笑
这时我们就有幸

看见它洁白的牙齿

1988

煤

是饥饿　由于饥饿的压迫
我抬起头来　凝望着炉膛
我凝望冬末的夜里
那变成火的影子
煤的影子与煤
有着完全相反的肤色

经常我独坐在夜的正中
在地球的最低处
在你路过
或者将要路过的地方
煤　就在我的下方
我是多么寒冷啊
而我不知道煤　就在我
不能动弹的身下

我还看见运煤的车
把煤押到别处
我还看见煤被反绑双手在车皮里
立起身来
回首它生活过的地区
我看见风

把很多煤屑吹成泪花
在平原上空

你洁白的手被煤染黑
我的爱人
我们和煤相依着度过一生
如同和某个人天天见面
天天于暗夜
无言地相对

1988

木　材

被锯齿咬开
最硬的木材
也顺山势倒下　以规则的几何体
进入我们房间

渐渐干枯　渐渐接近火种
在木材边行走的新娘
冬日里浑身灼热

一双手从木材深层伸来
手腕上挂着年轮
在安宁的夜里　叮当作响
没有人能将虫子清除
没有人能将木材
变成矿石　木材说

如果我活得够久
我能看见木材在雨水中发芽
如果我不能出生
我能听见木材
在父亲手上的倾诉

木材已经触手可及　今夜

在漆过的家园

我注视时间

我注视木材

我恰好处于二者之间

1988

铁

铁在山里伸出手指
铁　没有表情
月色不远千里而来
铁很冷很沉

如今铁已运到城市
铁已经过燃烧　和水的击打
所有的铁　无论什么形状的铁
都饱含钉子
深入我们的感情
我们人类的生活

很多人懂得　是铁
把我们铆在密不透风的街道上
在污染区
我们并未失去双脚
但无法从小路
回到那山里去

山里那铁一如既往地
指向前方
我们得顺着它的指引

向前走去
冷静得像铁的一部分

1989

暗　器

那是关键的　它的主人
面目与我相当　心中
怀有钢的硬度

现在他手执翅膀
它不永远飞翔　在最深的把握里
它两眼的光　紧随主人的方向

甚至它不出门
就已完成目的
它等在阴影之中　在手掌之下
静静地发亮

从不出汗的它也从未流泪
我深谙这一切
我因此正成为它的目标

1989

玉

比流水要更清澈的
是流水中的玉
玉的一生过于透明
所以总难找到
它心中的阴影

初恋时你的吻印
是同玉遭遇时的吻印
即使你再冰冷一百倍
也冻不死
玉随手留下的火焰

玉饱含气节的双手
在昔日未曾举起
在今天　在将来
也同样不会举起

有一种东西与你一起鄙视一切
有一种东西
随时准备为你肝脑涂地

那正是不声不响的玉

1990

光　芒

光芒的针尖
将厚重的黑刺穿

行路人紧挨光芒
到达他要去的地方
终点上他回头细看
才知道最紧韧的
就是光芒

光芒深入我的生命
我才变成这样：
你永远跟随我
我的去向
就是你的去向

光来到世上
总不忘携带光芒
没有光芒
它怎能进入黑暗
又怎能大风不灭

站立在穷苦人的心上

1990

我们手上的泥

我们手上的泥
在阳光中比手要更显眼
我们带上这双手
经过幼年进入城市
我们手上的泥
这时已由水泥和基石
同别的泥分开

我们手上的泥
作过我们的房子我们爱过的女孩
我们读着的书
我们带着这双手
也将泥带到很多地方
它甚至被珍藏在瓶子里
漂洋过海
困苦的时候
孤独的时候
人们凝视手上的泥
时间长达几年　几十年　几百年

我们手上的泥最终发酵起来
我们那时老了　已是黄昏时分

因此最后要走进
我们手上的泥土之中

泥在深灰的背景中立起身来
用他褐色的手臂
拥抱住我们

1990

苹　果

白色的花从树枝中步行而出
白色的花　苹果的先知
来到泥土上空礼赞泥土
这时苹果又大又红
这时它睡在我们的地下做梦

我们得注视很多时候
等春风吹灭了我们的少年
等夏日的艳阳像旧时的情人
缠住我们思念苹果的日子
把我们缠成一根鱼竿
期望苹果上岸

那要结果子的树
手就搭在我们的双肩上
我们不难感到
它的目光正清数着母亲脸上
汗水走出的青石小道

假如树干透明
假如土地透明
我们就会清晰地看到

在五月

苹果们变得很小很青

当白色的花缓缓飘落地面

又陆续回到树根时

你能清晰地看见

苹果们沿着树干

蜂拥而上的情景

你还能看见透明的树干那边

有人把母亲握在有力的大手中

并且仰望苹果的情景

1990

铅

完成杀戮之后
他们命令铅
从死者身上撤离

在那样的年代
甚至
谁拥有规则的铅
谁就强占了胜利

那流血的人
是铅手中的果实
如果死者手中
曾有半粒铅造的弹丸
如果他们使用了这铅
他们就不是殉道者

从一开始
他们就让我懂得
有一种东西高高在上
即使是铅

也不能击毙

1990

锤

锤的结果造成了火星
你用任何方式击锤
总要形成燃烧

即使所有的锤
都比双手巨大
也掩盖不了
锤身后的那些手

我有真正的眼睛
哪怕已被泪水模糊
哪怕眼睛
已被利刃取走
我仍能看清
操作者的表情

谁是操作者
谁半夜起身
把普通的金属
集合成渴血的铁锤
谁

我要告诉你
无情的不是铁锤
如果你承受过锤击
如果
你比锤更加坚固
锤从高空迅猛而来
最后一刹那
它一定被迫变轻

1990

铁钉与曲线

在两个端点之间　架设一条线
是手挥动的力量　使它隆起
渐渐升高
在某个无名小站急转直下
接着　大地
使钉子停顿的理想实现

只有大地　才能使钉子最后停住
躺倒　不紧不慢穿上黄色的衣
仰望自己　在高空走过的弯路

从一个端点开始　从钉子的家
我的手开始　曲线向上历经一万个点
到达山峰　那由于缺少支持
而格外寒冷的地方　呵
即使是一根钉子　也不能在这样的海拔
久留

只是宇宙中一个小小的游戏
钉子划出的曲线　上升过　弯曲过
落下过　现在　钉子已经回到地上
空中的曲线

立即被光抹去

1991

一粒小米与另一粒小米

这是小米　一共两粒
她们　离开那众多兄弟
是在哪个码头工人的肩上

其余的小米　被秘密运往外地
她们被装进麻袋
看不见外界　所有去路
都被捆扎袋口的绳索
细细扼断

我手上的小米　一粒
移向另一粒　细小的脚
在我的掌纹上行走
结过婚的女子啊
你是否愿意告诉我
她和她　是不是夫妻
在田地之上
她们的孩子大风中过得怎样？

这小米的五官　我能看清
四只眼睛　还朝向码头方向
在方向尽头　有一个地点

出现过一次无声的分离

一粒小米躲开了绑架
眼泪向南落到街角
那就是
正向她靠近的这一粒

1991

树

正如你
树是植物的选手
成年的那天
你的名字被你自己
以剑刻入树身

树在成长　夜风之中
你能看到树长高的样子
无论是晴是雨
你都能看到　树长高的样子

碰巧你心无杂念
树的血上下奔跑的节律
你能从自己的心房里听到

血想冲出年轮
这使树最后刺破青天
只留下一院落叶

冬天来时　北风正紧
你被吹到一个女人面前
你们走进院门

在树边同时站定
天已经很黑
你的名字在树上闪闪发光
你和她
都躲闪不及

1991

有着三个角的星

谁能用手　或者用经验折叠它
有着三个角的星
永远是三个角

带着三个角站立
在一只角上旋转　造型凌厉
带着三个角向深处飞行

用三个角说话
运用两个角保持住
平衡　无论你如何蹂躏
那剩下的一只角
它总是向上
越来越尖锐　直指苍穹

让三个角的星敲我的门
你就能进来　复仇是如此简单
命令一只角先进入肌体
另外两只
紧握在你的手里

就在那边

一枚三个角的星
它与邻近的一枚说话
在远一些的地方
有一条河听见
那是三个角的星居住的河

它们
都在这个世界之内
而不是之外

1991

牛角号

死去的牛挂在墙上
屈死的牛　离人世已有万里
死去的牛挂在一根木楔上
死去的牛　买通了孩子的嘴
也买通了孩子的心脏
死去的牛才能向人世说话

什么是哭　耳朵啊
这就是哭
夜里　死去的牛被皮包带回城市
死去的牛皮
把挣扎弯了的牛角
带回城市

牛血染红捆绑的丝绸
只要牛角号吹响
我就看到
孩子的胸前
丝绸抖动　牛血飞扬

1991

年底的雪

大得像一场灾难
年终的雪
究竟要挡住什么

这一年　有什么事物需要
这样广大的掩埋
这样深厚的掩埋
东南西北　年终的雪
大得像一场葬礼

一场阴谋　年终的雪
当红灯在屋边闪亮
它像在布置一场
盛大的婚宴　谁知道
小小的孩童
被迫成为什么人的傧相

这一年　哪些人获得了新生
需要如此浩大的庆典
让树木放弃发芽　让流水
凝固在河道中央　停止流动

平静得像一场虐杀　年终的雪
寒冷中裹紧了死者
强大的风　把人们手中小小的铁
吹得火红
吹得发烫

无处不在的白造成黑暗
熄灭梅花和声音
只唤出孩子
到屋外看年终的雪
厚得像一部通史

1991

简单的两轮推车

两轮推车简单到
不必用诗歌加以描述

简单的两轮推车
由复杂的人推动　在工地上
运载水泥　砖石　和木材

一个人就有一个背景
深远　博大
无法用诗歌加以分析

一个人就有一次运动
或者推车　或者装车
或者将木材　砖石和水泥
按照自己的念头
放进大楼之中

两轮推车简单到
任何人都可以仿造
任何人都可以抛弃

一个人

将因为使用它
而突然陷入复杂

1992

铁皮屋顶

比铁皮更加坚硬的人
才会选择铁皮屋顶

从五金铺运来铁皮
在烈日下测量　计算　敲打

比铁皮更加单薄的人
才会选择铁皮屋顶

在暴雨后焊接　拼出图案
举起铁皮　沿着墙头
把柔软得几乎打皱的铁皮
拖上去

像铁皮一样咣咣作响
尖锐　反光　脸孔布满皱纹
与铁皮打交道的汉子
铁皮一样富有磁性

铺排　用铆钉固定
然后在铁皮上行走
仔细践踏　自己的作品

来不及预计　铁皮腐烂的日子

那正向五金铺走来的汉子
比铁皮还要刺眼

1992

落 花

这些花离开了枝头　是什么人的声音
变成了雨中的风　变成了风后的雨

是什么声音
诱骗了这些树上的青年
将他们领到沼泽表面
领到沼泽深处

是何等的深度　才让这些花停下
从这样的深度　落花
如何能够举头仰望　木制的家

家啊　飘摇在灯光之唇　被灯火吞噬
春天就要过去　落花的时节
细心的园丁正仔细修剪谁的坟墓

这些花离开的枝头　所有的花
是什么人的声音
迫使他们远走异地
将根悬在高空

是什么人的声音杀伤了他　我的姐妹

细小的美变得愈加破碎　是谁的铁掌
阻止时间前来缝补

向下的部分总是死亡　在沼泽内死亡
天上的月亮无法望见
无法望见
钻石的队伍在地下的死亡

泥土的黑暗　我知道它不来自泥土本身
泥土是岩石上的受害者
落花啊　将要沦为黑暗的核心

这些花离开了枝头　已全部离开
他们正缓慢地坠落
以最慢的速度坠落　看着他们
或者
听我说起他们　是多少种痛苦

你不要再问起他们　不要再想下去
后来的结果　写在树枝之上
被剥夺了儿孙的树枝之上

1993

铁打的脸

没有航线可以通过眼泪
没有肌肉可以形成笑容
没有声音可以表述言辞
没有耳膜可以描摹怒吼

没有舌尖可以传颂爱情
没有味蕾可以抗拒毒鸩
没有眼神可以诉说头脑
没有事物可以刺激神经

没有一种炉火
没有一柄锤子
没有一位工匠
和一种变通的铁
能将这张脸打成

1997

锚

锚静静地等在船头
整个甲板就在它的身后

钢铁和钢铁
手挽着手

船从沉重的雾中驶来
我们首先看见锚

它没有表情
也不发出一丝丝声音

我们看见锚
在寻找自己的坐标

我们看见它
从甲板一跃而下

没有牵绊
没有犹豫
我知道凡是勇士
都以这种姿势出发

它的两个指尖

抓住整个海底

在看不见的深渊

它把未来

顺着铁链输送给危险中的船

从此风无力　浪无声

因为锚

让达到沸点的大海

降低温度

让大海　变得安静

锚永远只做一件事

它只是紧紧攥着大陆

到天黑　到黎明

到海枯石烂

2017

烈度中的言辞

随着时间前往

只剩下几周!
我就要来到 你的房间!
你的眼前!

只剩下几天!
我就能得到 你的声音!
你的躯体!

以及你的笑容
在过去的岁月
它对我多么重要!

只剩下几个小时!
我就能实现
我对时间的诺言
对你的诺言!

久违了 我熟悉的
你的一切!在迅疾的时间中
它们的面目有没有改变?

还有最后几分钟

我要花费在你的窗前!
拍落旅尘　整理头发
抬起食指缓缓敲门

1990

找到又烧掉1985年的照片、书信和纪念

都曾经是纪念！她们
一些名字写在风暴表层

都曾经深入心灵！她们
一些没有搅动过的沉淀

都曾经是等待！她们
在1985年6月或者5月开始
在一个硬纸盒中
她们的身体直到现在

她们的手迹！纸张和其中的语气
都是纪念！
对一件事的追忆　对一段岁月的梦想
对一个人的声讨

那个人是我！我又做了什么？
我找出它们　在感伤之夜

我再读一次　再看一次它们
接着　我再看一眼烈火

都曾经是爱情!

1991

我的爱情

同许多人相连！我的爱情
许多脸庞　许多青春　许多妄想
被围绕　被观看　被抢夺
我的爱情！
她怀有多少孤单！

旷日持久的孤单！我的爱情
仅有的想念　仅有的悔恨　仅有的盼

同许多人相似！我的爱情
类似的生　类似的美　类似的消亡
无法放弃！却又从未抓在手中
我的爱情！

无法把握却也无法松开
说不出她在哪里　她的面目
我的爱情！
让我想一想她天生的温暖和声音

同许多人相反！我的爱情
她自己正制造着苦难

她正在设计 核算 但从不给我以呼唤!

1992

情人节

为两个人制定的节日
全世界的人!

为两个不同性别的人
制定的节日!
全世界的人!

为两个相同性别的人
制定的节日!
全世界的人!

为两个相爱过的人
制定的节日!
全世界的人!

为两个仍然相爱的人
为两个婚后的人
制定的节日!
全世界的人!

为两个分开了的
但渴望相聚的人制定的节日!

全世界的人!

为两个分别与他人过节的人
制定的节日!
全世界的人!

为两个人制定的
为一个还活着而另一个
已经离去的人制定的节日
全世界的人!

为两个都已经死去的人
制定的节日!
全世界的人!

为一个喊着另一个人的名字的人
不论是朝向过去呼唤
还是朝向未来呼唤
为他制定的节日!
全世界的人

为一个哭泣着的人
和相关的　欢笑着的两个人制定的节日!
全世界的人!

为所有在这一天沉默　回忆

向往　自言自语的人
为这一天活着和死去的一个人或者两个人
制定的节日!
全世界的人!

1993

在初夏回想一个莫须有的圣诞之夜

让思想往回行走！思绪向后飘拂
在初夏
我被南风吹过时间隐约的长廊

像吹送一面白帆！南风吹动我的背影
回到那个夜晚　如一面白旗
向强大的年代投降！

圣洁的高空落物　呼吸微弱的雪花
整整一天的等待是不是十分漫长？
冬天的声音在门外喧扰
不再宁静　那本该宁静的日子！

饮食献给神的音乐　空气中弥漫的颂歌
一起静静歌唱　共同抵制爱情
贫困中的爱情　挣扎时的希望

回到冬天！
在被苦夏占领肉体之前
回到　最后一个圣诞之夜！
在神的名义下聚集　守候　散开
我们是圣诞节才出现一次的

孤独的飞鸟　是莫须有的饥渴!

1993

我要在月圆之夜回家

我要在月圆之夜回家
从遥远的地点
我把月圆之夜仰望

从早晨开始仰望!
一切圆形的物体
仰望一轮圆月
带着光辉的内容
在一切圆形之上!

我要告诉我的耐心
不要在苦难时走开!
不要走开!不要将我
在月圆之前损坏!

我的姐妹!当九月
从北方徐徐而来
唯一的圆月升起
田地的泥土开始移动
我要在这时回家!

这时我没有阴影

就像一个
刚刚出生的人
那样纯洁和真实!

我要在月圆之夜回家
真的!在那温暖、清淡、完整的
十二分之一的夜晚
回到你的诞生之夜!

1993

绝望感

爱你多少年！多少个故事！
或者说
一个故事中的多少个段落！

可是并没有
进入你的心灵！我的沉默

为什么它没有像时间那样
从你洁净的四肢上经过？

为什么不曾像道路
穿越山谷沼泽　经过大桥
直通向你的房屋？

多少个故事！多少个段落！
多少年的等待　你的沉默
比我的
更像是沉默

如何修正已经完成的错误？
如何走开又如何制止
我这比白雪更沉默的爱

你见过吗？每年深冬的白雪
无边无际地落向你
但没有一只人类的耳朵
听出它正在吟唱的歌！

1993

履 历

只是一张纸！不比另外的纸张更厚
只是一些文字
写着年代　事件　我刻下的痕迹

只是一张纸！它经不起焚烧
它只供阅读　在几分钟之内
它只是一个人短短的历史

也经不起撕扯　它本来
就由碎片连缀而成！它就是一些碎片
拼凑成我的一生
它经不起风吹雨打

甚至也经不起保存
它只是　一段对我的诬陷！
是一张写了字的纸
经不起时间严肃的推敲

1993

上午十点的邮件

爱人　你为我贡献的言辞
说到大门为止

我的信件在那里　你给我的信！
门窗关闭　取信的时间
在我写诗的时候流走

我全然不知　比起写作
我同样需要你的消息！
过去我竟全然不知

我曾把我的精神寄出
寄到东海以东　南海之南
我懂得　想要收获
就不能不慷慨付出

爱人　你为我贡献的言辞
说到大门为止

你给我的信！不止是墨迹
是你正在书写的纤柔的手！
也不只是信笺

是你附在信笺上空的　依旧美丽的脸!

你给我的信　不止是一封信
投入邮箱之前　你放在胸口稍作停留
因此它是你亲切的体温!

而我给你的那些文字
无法将我表达清晰!
我是一个模糊的人
上午十点的邮件　使我更加模糊

1993

我已经说过

我已经说过！为什么要我
再一次说？

用文字　用图画　用时间
我已经全部说完！

我撕毁它！从你的名字
直撕向我的名字！

是撕开我自己！而你在
另一边　冷漠地看着
看着鸿沟
将你和我严酷地拆开！

再写一次！我对你的爱情
比人们了解的爱情更强烈
听见笔在纸上跋涉的声响吗
那是我的呻吟！我的颤抖！

我要求再一次撕掉它！在见到你之前！
我瓦解我自己　这是否能让世界震惊？
我撕自己成为碎片　成为落花

我收拾它们　揉皱它们

让它们浑身是伤！无论
怎样拼凑　怎样缝合　怎样焊接
都永远是伤！是伤口和伤疤
是用一生　也不能擦去的伤痕！

1994

我被迫沉默

被迫沉默　放弃
我养殖的语言　沉默
不诉说一个相关的音节
不论它多么致命　沉默

我被迫取消我的句子
那长长的刀一样锐利的句子
是你所惧怕的危险　沉默
我的勇气被迫离开我的舌尖

我被迫沉默　以呼应
你的沉默　我的沉默
将是漫长得直到生命被时间了结
沉默　像风在动但不暴露来源

我的沉默就是我的死亡！我生来
为反抗沉默而歌唱　我歌唱你
动用我的节奏　韵脚和音阶
我保存多年的心灵　沉默
我被迫切断我的反抗　沉默

我被迫沉默　沉默

面对垄断感情的君王　她是
沉默的独裁者　是锁芯
禁锢我的声道　我被迫沉默地
走开　不准回首也不准前行
我被迫停滞　停留在
开始沉默的那一个点　一个瞬间

我想长久地唱一支歌　长久地唱
永不改变它的温度　我想唱下去
像我被允许歌唱的时候一样
我想你倾听　在你统治的朝廷
我想它决不沦为空洞的回声

可是我被迫沉默　我只能在心里
向自己的灵魂倾诉　但这是无用的
我被迫喑哑　不说爱也不说恨

沉默　是你消灭了我的声音！
但谁来消灭我？
我是我声音的诞辰和种子
我是我的发音器官
我是我的言辞和歌谣本身

1994

相见晚

大钟在响　时间在前进
我离你越来越近

我不用行动　也不用走向你
我离你越来越近

你的一切　组成你一切的
每个值得关怀的细小部分

你也不用行动　你不必走向我
你不要过早踏上旅程

因为大钟在高唱　时间在飞跑
你离我越来越近

我已经看见你　海边和树下的你
阳台上望着月牙的你　我已经接到
你传给我的消息

你将是我的　在某一个地方　你
重新还给我　像你书写过的那样
曾经存在　而后中断

现在即将还魂的历史

你将是我的　你曾不属于我
虽然我们昼夜不分　虽然我们共同生活
我是那样听任你渐行渐远
我隐藏我的痛苦　那样深

1994

12月或者1月：夜色浓重

夜色浓重　而我
比夜色更浓

你的我！曾经是你的我！
我的头属于你的膝
头发属于你的手　嘴唇
属于你的嘴唇
我的脸　属于你的眼
你的我！曾经是你的我
比无法稀释的夜色更浓

我是黑的　像生长出夜晚的种子
培植着夜色　像事故
使听觉丧失　我是盲人的双手
黑得只有依靠抚摸
我是死的双脚　在夜晚走动
使夜晚看不见夜晚

你的我！曾经是你的我
是浓的　像搅不动的力
比力更黏稠
在12月或者1月

我结成块　覆盖爱的伤口
像一块焊得紧紧的铁
不能撕扯　无法剥离
不可能切割　永远依附着你

夜色浓重　而我
比夜色更浓

每一夜都要回还　从一半夜晚
返回另一半夜晚　从一种生活
落入另一种生活　每一个夜晚
我只能独自
在自己的部分上睡眠
我被迫只为自己呼吸

甚至这也不可能！一个人
经过从不改变的夜色　经过
入骨的爱恋和压迫
他怎能重新进入白昼
并被所谓的光明融化？

1994

桌面落叶

我差点写完所有纸张
写过了三个季节的死
而在秋末　我才见到
人人要去的死亡

万物要去的死亡！
一切的故乡！
秋天是一只清瘦的拳头
仁慈地松开了落叶的来源

死去了！树木的脚印
在盛夏曾比你的长发阴凉
死去了！没有什么能被
紧紧抓住　没有
没有什么能克制住浩荡的北风

缓慢地死亡　让目睹者心痛的
生活的结束
无言的　曾经漫长、庞大的生活
终结在一张桌上！

1995

追　问

这是一个什么样的时刻？
我被抛弃在大街中心的荒野
除了那一切　就再也没有一切！

这是一个什么样的地点？
带我到我曾悲伤过的时间
除了并不存在的可能　还有什么可能？

这是一个什么样的事件
逼我回到　我要求远离的人群
除了我渴望爱的那个人
都是我的爱人！

1997

在全封闭的室内

我要求着一点自由！
自由地关好门窗　插上插销
漫长的年代
不与任何人来往！

让我处在全封闭状态
奔放的状态　像一匹烈马
封锁在小小的草原上

别扰乱我的四季！现在
正是春天　而我被自由
保留在冰雪之内　保留着
黑夜所仇视的火光

一个悲剧！我不能作为植物
顺利地进入春天　接受
季节的四次洗礼
我不能像一个角色
听命于虚假的导演
他的一个手势
就足以把你埋葬

我甘愿由自己埋葬

在全封闭的室内

让诗歌将我送上无法逃脱的战场

1997

数　字

可是　数字有时
是模糊的
它能清楚地刻出长短与轻重
高低和深浅　大小和先后
唯独不能刻出
我对你的爱情!

1997

无 题

这是多少代多少人记得的
绝望的一刻
在河边　在楼台　在庭院的门内
在脾脏中　在生命里
在眼泪的表面　在下午
在唐代　在三年之后
在英雄的剑鞘
如海的叹息之后
我在等待

与他们有什么不同？
不同的时代　不同的年份
不同的天气　面孔
不同的秀发的丝
不同的过去　目前和天空
不同的姓氏　床笫　狂欢
不同的深夜　不同的雨雪和风向

美人迟暮　好汉落泪
沉重的生命曾经变得轻松
又再度沉重　美酒依然
从一只杯子扑向另一只杯子

但岁月　从未斟满　从未丰收

这是一支笔叙述的
所有的故事
一个渺小的段落　语句
一个体弱多病的词
这是我　在所有感伤的片刻
叠加的另一个片刻
它是剽窃　复写　背诵
而产生的卑贱的作为
在一个高尚真诚的人这里
所造成的灾难

1999

无法听见的下雪的声音

只有这场雪是一份纪念　薄薄的雪
从天庭顶部进入泥土深处
进入
以后我们埋在那里的白骨的缝隙

十月的最后一天　一个世纪的最后一个十月的
最后一天　上午　雪
不伤心的眼睛不可能看见

无数不一样的灵魂　受到一样的攻击
事实早已消灭　像脆弱的肉体
无效地抵抗着时间的奸污

无效地摆脱衰老　你以为渐行渐远的
死亡　已将冰冷的手放到爱情的脚上
我颤抖着　在寒风中
离开　一片爱着的阴影

无法听见的下雪的声音
无法听见的　我步行回家的声音
一份纪念　海洋般巨大

但依然被西风撕得粉碎

1999

心中的金子

我从来不将你戴在手上　即使是在
订婚的时候　我保存着你
不同于别人的光芒

正是这光芒　灼伤了我
你在我心中成了斧头
砍着我血液的大树

那棵长了四十年的大树
唤醒了多少人的目光
多少刀斧手　明火执仗
前来砍伐我的英勇的一生

我的根　母亲　我的根
是不是还在你的怀里？
我心中的美　母亲
是不是还在我的心中？

我有没有屈服
向季节或者是
年龄？
我有没有哭泣

在我不能忍受的夜晚?

那些密密麻麻靠在一起的星星
凭着别人的温度　度过亿万斯年
而我为什么这么孤独
母亲　在你死过之后
我为什么如此遭受欺凌?

我心中的金子　不会长得更大
那一点稀有的财富
在人间早已没有了土壤
我是不是还要为什么人保存它?
我是不是还要为什么人让它生长?

我的血　已经冷下
冰在血管中吱吱作响
母亲　如果你死后真的还爱着我
你一定会听见
在狂叫的北风中
混合着你留在世上的儿子
咒骂金子的声音
迷惘的、疯狂的、被压迫的声音

2004

今天我像一朵花开在纸上

今天我像一朵花开在纸上
纸上的字迹升起香味
今天我像　一种毒药！
让世界在这张纸上发疯！

今天我像流水流过容器
被白色的瓷铐住双手
今天我如此完美
冒着气泡！
说着需要破译的语言

今天我是一首诗歌正在诞生
我的头探向人间
我哭了　泪水就流在一个人的怀里
如此芬芳的眼泪
就是一剂毒药！让我在诗歌中弥留

我的出生导致一些名字死亡！
我是掘墓人手中的铁锄
把死看得很重
把生看得很轻
把一群花轻轻地

从地上挖起来

2005

不 惑

所有爱情都是仇恨
所有友谊都有欺骗
诺言是昨天的烈火
被今天的大水扑灭

对一切的回忆
都只能是一场痛哭
为明天的向往而作的全部挣扎
是给心灵的一千把尖刀

我应该对所有人说
我什么都不是
什么都不是！我和你们一样
在每一个地点上
都走错了道路！

所有开始都是结束
所有终点都无法抵达
颤抖在地底下发生
却决不会　在地底下停止

那些可以依靠的人

都变成了记忆！眼泪和雪
那个曾给我温暖的怀抱
坚决地碎裂在黑夜中间

那曾经倾听诗歌的笑脸
像一张金色的面具
晃动在世界的另一边
是爱的一节！是恨的一章！是死的一种！

2005

将醉酒

给所有知己一条短信!
饮酒过量的便是我　又是我!
我想起了你们　　总是想起你们
总是遇上成群结队的脸!

夜深万丈　我只能停在路边
被自己的心灵拖累! 手指的一个动作
就暴露出　每天的期待
我是一只　突然停下的陀螺
有一百条鞭子　血淋淋地抽着!

2009

我的朋友就要来了

天空开始阴冷
雪就要落地
道路将变得艰难
但是　我的朋友就要来了

我的朋友就要来了
和我一样的人就要来了
他们要将自己的家背在身上
来到这里

只是为了欢笑
只是为了吃酒
只是为了看一场电影
只是为了拥抱
而这一切
他们要和我一起进行

我的朋友就要来了
那些困苦的岁月
在朋友的相见中就要远去了
天空的云变成灰色
大雪正在飘落

可是我的朋友就要来了

他们从春天里来
因此身上沾着菜花的清香
他们从故乡的小路上来
因此脸上写着方言
他们从爱的深处来
因此怀里揣着温暖

我要在大地上盖一所小小的房子
好让大家挤在一起
我要在菜花中间砌一座大大的院子
好让大家有时散开
我要在许许多多杨柳和槐树之下
一个一个　画上他们的肖像
我要让他们永远挨在一起
就像石榴里面红色的籽　甜蜜　亲近
每一个都一模一样
我要在空中树一面旗帜　上面写着
万岁！你们！

冰开始在水面蔓延
雪籽中已经开出雪花了
明天　我的朋友
就要来了
让我用青梅将酒煮暖

让我用炭火把苦难烤干
让我写一首赞美诗
歌唱朋友的种子
在每一场雪的身后开成鲜花

2010

我：街道边小小的书屋

今天让我扮成一个悠闲的人
下午　从中午开始的
多年未曾来临的下午
许久未曾慢慢喝下的茶
就允许它将生活泡热

再次遭遇诗歌
这既成全我又打算埋葬我的
朋友又是劲敌
作为来自遥远乡间的我
无意有意地陷进文字的剑阵

这些面孔何等熟悉！
前倾的身体　笔直的视线
这种场景何等熟悉
诗句被一行行捉住！而我

我是否可以从时光那狭小的裂痕中
逃出
我是否能够从已经走远的睡梦里
唤醒早已停止呼吸的诗行？
我是否要逃出我的地图

向未知的世界奔驰?

小小的　很少言语的书屋
紧紧拥抱书屋的街道
等待阅读的书籍
文字中澎湃的血
纸张间呐喊的时光
有谁在意像我一样失去方向的时代?

继续翻书　喝水
继续注意窗外走过的人影
这只是一个下午
一间书屋
一个人可有可无的疼痛

2016．3

纸上的倾诉

读你的信

读你的信在窗前
在云里　在雾中　在隐约的夕照下
读你的信
在窗前读你的信

读你的信　读从山里游来的人鱼
读你的眼睛　眼睛中
两个飘忽的身影
读你的信　读你的鼻尖你的颈脖
读你的指纹　读你的信

在窗前读你的信
读你的泪光　泪光中流水做成的脸和手臂
读你的信　笑纹中流来的甜
读你发梢搅乱的月光和星辉
读你的信如读一段音乐和独舞
在窗前读你的信
读散了雾　读走了云
读你的信如读你　如抚摸你　如吻你
读你的信在窗前　在窗前读你的信

读你默默的足音和默默的泪眸

读你欲言又止的双唇　读你

心中一片颤抖的枫叶

在秋风冬雪中汹涌的激情

读你的信　反复地读　彻夜地读

读你的信在窗前　缓缓地读

将你展开来读　双手捧着你读　在窗前

当终于读完　我将已经打开的你

小心叠好　小心装进

信封一样的心田

1984

发的召唤

那风暴扭曲了身体
跨过海的阻拦
冲决鸥群与山的截杀
那强悍的风暴
被你的目光驯服
在你的头顶栖息

这黑色的野性的风暴
这无边的怒潮般的风暴
这东北虎华南虎般
不断咆哮的风暴
变成　丝丝缕缕的光辉
带着不断闪烁的旋律
一泻千里的性格
在肩头
在你那令我死去的肩头
被洁白的肩胛收束

是这风
是这停泊的狂风
吹开我灵魂的墓园
少女　让我下葬

在你的黑发中寻求
向美划行的双桨
少女　让你无言的脸庞
在狂风下开始燃烧
燃烧黑发那不息的召唤

1985

七月四日的雨

那过去的一切,都将变成亲切的怀恋
*　　　　　　　——普希金*

是的
七月四日没有太阳　但一滴雨
就是一枚太阳
热情的太阳因为理解愿望而粉碎
而缀满你的肩头
七月四日到处是云　连你的裙摆也飘飘欲飞
我加以制止
我在身边感到惬意感到满足
发现生命在某秒钟后突然充满内容
为这秒钟的降临　一切都可以破碎
可以浸进发苦的水
七月四日城市冒雨向我们敞开了一切
相信以这样平行的步态走进任何一扇门
都会听见赞美　都将看见主人心上
为你我如释重负的表情

一个男子能经受酷旱并非不渴望雨水
生命中必须有这样一个七月四日
长进脑骨和脊骨和踝骨

谁否定这一切谁就是不可雕塑的顽石
谁不走进这场雨谁就无法相信
雨使爱情甜蜜爱情使雨甜蜜
今天我们并不乞求脚下的街道上升成虹桥
今天的虹桥是无力的
能走拢没有桥梁也能最终挽起手臂
能在疾雨中从容走过城市
和不可预知的人生
能把雨水感受成太阳并不容易
我们从前没有发现这个秘密
所以过去　即使有阳光照彻天窗
也有隐约的霉点在心房里躲躲藏藏
问题不在于天上有没有那团烈火
问题在于七月四日　你的心空之中
有没有一个名字　太阳一般响着

1985

再　见

吐得多么容易
两颗细小的枪弹
已足够消灭青春
比相遇还要突然
比相爱还要果断
再见　是的
不能错过今天
错过你荷枪的今天

1987

写在信封背面的短诗

1. 碎珍珠

在这个星球上
露水每天洒在我们中间
这些短命的珍珠
被粗暴的声音踏碎
许多人走过去　又走过来
表情难以捉摸
这些狗的主人
陆续淹死在自己的足印里
我的歌声啊
你无法拯救朋友
在我们中间
在这个年幼的星体上
海洋每天挥动它蓝色的手掌
把从天空匆匆而过的日子
抽出血红的指印
我们啃着各自怀抱的渴望
看这一切
如何在一本无声的书里结束

2. 酒杯落下

今晚　我把我的诗抛进夜色
让它随牧人的马鞭远去
今晚　我要为你端上奶酒
在我们面前　放上一只
已经倒去泪水的杯子
今晚　我要将草编的门打开
让彗星滑进你的眼眶
让失去语言的青草又一次歌唱
在这片歌唱声中
你拿过陌生的马头琴
我弹奏一些熟悉的风光
日出时有一匹火红的马从云头飞驰而来
它那飞扬的蹄声
将我们草原上的杯子击落

3. 忘却之夜

现在　在离往事很近的国度
我们默默地吸烟
湖水轻轻拍打千年的堤坝
警官正在走近　月光落在金属领章上
闪出不明不白的脸色
一颗流星把他的眼神带走

被我忘却多年的微笑

在烟头细小的光亮中浮起

我们必须继续默默吸烟

这一夜我们浑身露珠

谁也无法清除　这一夜我们

得设法忘却

4. 蛙声的馈赠

这李子般成熟的蛙声

又一次唤醒我的手指

在这蛙声之外

我的小村庄在大平原上随着它的节奏摇晃

梦想笼罩它　千秋万代

在梦的中心

忙碌的母亲那苍老的手

一件件缝过的衣服被再次缝补

一根银色的小针穿过伤口的边缘

就像我穿过湖泊

穿过比时间更长也更宽阔的野地

回到妈妈的爱恋

那蓝色一样美妙的梦想

便从妈妈安静的脸畔消失

这个时刻　妈妈

让我们坐在灯下

听听这能馈赠我一个故乡的蛙声

5. 灵魂赶路

在左边　我们放上鲜艳的花
你的脸朝气四射
从花朵上经过
口袋咬紧我的手
这是哪一种时刻啊
打开躯体的天窗向青色空间倾诉
群星舞动金色的雨点
沙沙洒落
布满外面的大路
一直在花园中憩息的灵魂就要起身赶路
不能挨到天亮
决不能拖到天色大亮
大衣在身上拥紧大地
而我们　要离开大地
在这种时刻
将花插上一堆灿烂的钢铁

1987—1988

中间真的隔着大海

远隔重洋我与你说话
海风可能冲去我全部词汇
让我的幻想在跋涉中溺水
溺水就溺水吧
我已不去想许多人许多事
许多岁月我都是这样度过
在自己眼前画一片汪洋
在一片汪洋的前面再画一片汪洋
然而在汪洋的前面　我什么也画不出
一把消夏的遮阳伞吗
一座不设防的城市中一扇半明的窗户吗
一只无名的鸟儿叫着飞过吗
生命的意义源于自己内心　有一天
我学会了创造一切
一纸一笔一盒油彩
世界就搭建起来
在它心中　有许多被称作海浪的液体
昼夜向我轰鸣
把别人打入梦乡　将我打上堤岸
我想与你对话的夜里

我总是因为自己而远隔重洋

1987

临别的那种夜晚

1. 再感动一次

再说一句话
一句让水改变的话
是这样稀有
再坐下
手放上肩头轻轻说着
明天又要再见
再看我一次
然后背转身去
记住爱的影子多么单薄
再让我等一等
再感动一次

2. 中远景

以这种风度坐下去
以这种面容对话
身影从黑暗中走失
在日报的版面上
出现过我们不同的头像

很脆很薄

似乎正回想某些事情

在深夜里出现的事情

最能擦亮一些眼睛

这情景我们向往了很久

对　就是这样坐着

那个日子渐渐来临

3. 一　夜

我的窗外

如今刷上了白色的雪

和大红阳光的绒毛

一辆车的轮胎

正缓缓驶来

沿路的故事装了很多

车很重

像这些岁月吱吱作响地

在心灵中辗转

我总是无法深眠

灯光的马蹄

彻夜不息

你的手竟这样消瘦不堪

4. 此　岸

有一种什么在水面漂动
离灯火很近　离岸很远
左边挤满白发的芦苇
右边挤满芦苇的白发
一行鸥影
从正中划破玻璃
令什么伤感的事
必将发生
这是秋的红叶吗
在东北边的山顶
一杆旗帜
落进水底
我不能再次装作吃惊

1987

和LX在经过符离集的慢车上

站在烧鸡的两边
你　和我
站在烧鸡的两边
一手拿着礼貌
一手抓着欲望
相持了很久
直到快要下车
快要各奔东西
去告诉朋友烧鸡的滋味了
才动手
撕它的皮
才动口
咬它的骨头
擦擦嘴
将脑袋伸出车窗
目测一下骨渣已被火车
甩出多远
而这时天色大暗
我们干得太不是时候
太疲惫不堪

1987

错 过

有消息说你已经离开
可我已上车坐定
我的车已穿山过谷
我已在乘客之中
考虑着如何见面
过去的错过不能回想
这是最后一次
因此要一直这样坐下去
需补票时补票
需追悔时追悔
想不看那小城时转过脸庞
想回去绝望时
买张全程票回去

1988

诗广告

从今天开始
印刷厂停机　邮局发出邮车
售报的人　一路喊叫经过城市的坑洼
列车停靠的时刻
人们就会读到我的诗
人们再读一遍
然后将报纸盖上脸孔
闭上双眼
想象作者的面孔
如果车窗大开
报纸可能被风吹到车厢过道
有一双手　一双女孩的手
一双美好的女孩纤细的手　将车窗扳落
并从过道上拾起诗歌
风被拒绝在沿途各地
这些破坏诗的利爪
被惊人的车速甩在初春的野外

1988

抵　挡
　　——致 N

自己从来不能够　站到自己内心
而将你从心中取出　交给更重的幸福
也不可能

即使十分小心　用毕生来操作
挪挪你的位置　为谁空出一角
也会损害　你的一切　纵使
让你变小一些　纵使只删减一丝一毫
也会丧失　你的全部

你无理地占领着　不需要任何理由
唯有这等沉重　才使生命确切
深夜时分　我才能紧靠爱人
迫使她们离开　不留下一点指纹

1989

我所爱的人

我所爱的人　此刻已进入北方的风中
在列车上　她像一株柔弱的秧苗
让远去的深夜变浅　我被切断的脚步
由整个北方看见

今夜我的心落到纸上　变成蓝色
沿红色的细线伸展　但像你一样
我无法到达　也无从诉说
语言沿一种刀锋　在日子中卷曲

我所爱的人　已在我的世界中生活多年
同许多人来往　并努力留下相关的痕迹
我所爱的人
披长长的头发　挥长长的手臂
说短短的句子　穿短短的裙衩

但她
已在这静止的景深中登车
留下我
化为无言而永远的车站

1989

除 夕

三百六十五次的哭与喊
我们
现在到达了这一年的底层

消耗完青色　绿色
消磨尽灯火中的光　现在
我们抓到了雪
它无边无际如同我们的努力

我们的欲望之和将我们
领到这一年的底屋
荒芜　肃穆　在冰上坐下
我们的生命
被谁用减法　造成一个细小的差

下一年年终　雪地里的人群
我们将在哪儿停止
因为一年的底层到了
底层之下
我能否生还　与你相见

并使用一次乘法?

1991

穿花衣的人们

是这样的一大群　仿佛
在雪的后方约定
一大群人穿着花衣　横渡春天
是一大群
突然降落的彩色的鸟

想起早晨　太阳升起
在东部潮湿的海里　衣衫挂在墙头
一件又一件
各种各样的花　全部形状的花
已从田里开上了衣衫

现在　你们穿上花衣　到林子中来
在那里　你们分手　时候到了黄昏
啊　花衣　花衣
你们各自投向谁的怀抱
在灯火和烛光之外

留下了我　在花朵之外念起花朵
面向春天　当我转过头去
案上的笔墨与纸张
正随东风飘落

那些穿着花衣的人们

花衣依次告别肩头　胸

手臂与手掌　呵

寂静的子夜　我隐约看见

含血的欲望

将一摞花衣

摊在地板之上

干净　馨香　没有一丝肉体

1991

秋　天

万物向下　万物向下
最后的光明　在泥土中倒塌

果实被消灭　整整一生的时光
小小的青春　被胃埋葬

秋天　花朵何在
菊啊　秋天唯一的烈士
将以怎样的形式低垂　入土？

诗歌的季度　秋天
在叶子跌落的方位
诗歌　你去把贫穷喂大
你去把弱小喂大

时光的梦想呀　借助什么
把秋天驱赶　垂老的人
躲避着回家的方向

我说　把我的文字　众人的文字
都赠给你吧

它们是秋天的仇敌

1991

给　你

我常问自己　曾为多少人写过诗歌
我把这些宝贵的　来自感情深处的文字交给他们
他们可曾珍惜　可曾铭记　想到这些文字时
可曾被其中的朴实感动

那里也有写给你的诗歌　许多诗歌
是这些诗歌组合了　我对你的爱情　是它们
从心灵和肉体的角度　描述了　强调了
我对你的爱情

我一次又一次为你写作　为了你　也许为了别人
我也曾写过　但没有谁　比你获得更多
你也许还觉得不够　远远不够
让我说吧　从来就没有什么需要　比爱的需要
更永无止境

现在　我为你写这首新的诗歌　我只是想
用这些文字回顾　我们开始了九年的爱情　九年
一个孩子的整个童年　我只是想
这些文字能让你感到炭火的温度　井水的清纯
在这冷漠的人世　你能得到一个不冷漠的心脏

当一种爱慢慢变深　它就渐渐难以言表
当一种爱从幼年长到少年　当一种爱情
慢慢变得成熟深沉　它就越来越难以表达
越来越沉默　当一种爱
变得更持久　更坚定　更可依靠
它就不需要用声音和文字说出
它可能通过别的方式　通过生存中的细节
用流出的汗水和命运造成的疲惫
来表达这种更完美的爱

你要懂得这些方式　各种方式都服从爱的传递
从一个人的身体　到另一个人身体　由我到你也由你到我
这些年　你熟悉了这些　可是你要想一想
这一切为什么常常发生
又为什么　我不再在薄弱的纸张上频繁地描述
对一个人一成不变的爱情

当我们一起变得广阔　我们就能
时时看到生活中的爱　在早晨　在黄昏
在一年的四个季度中
在一起的时刻　在分开的
和睦之夜　在争执的正午
真正的爱都存在　滋长　不会轻易消亡

我献给别人的爱　献给春天和泥土的爱　还有我

为未来而准备的爱　都是献给你的爱

献给你的爱　竟带动了那么多爱

这份爱在诗中　也在日常生活中

在身边的遥远的你所涉及的一切事物中

它已被保存了九年　它仍在被保存　它仍将被保存

直到那一天　人间所有的爱　都随万物毁灭

1992

某一种深刻

想一想　为什么
我不再向你说话
我的琴弦
在风暴中为什么喑哑

我本是歌唱者
是玫瑰和珊瑚之上
停留的光　为什么
我静静地坐下
为什么我不再说话

你给予我的伤害
已使我
比伤害更深

1992

始与终

说到爱情　涉及到方向
唯一　或者
决不唯一

说到爱情　涉及到深度
完全　或者
很不完全

说到爱情　涉及到冷暖
春天　或者
近乎冬天

但不要说长短
说到爱情　不要涉及
永存的时间
从开始到结束
你不要说"始终"

1992

想 起

想到谁才算合理
可以问候的人
越来越少

想到应该在秋天
才会想起的人
想起他们
在秋天删除的笑容

给他们拨个电话
写一封描述昨天的信
说
想念你们
因为又到了秋天

又到了九月
月亮又一次变圆
又轻又薄
从我的手边飘开

1992

婴儿的小脸

婴儿的小脸
已经长大
他的小嘴
已会说话

已经不仅仅是听
不仅仅是
在草尖上爬
他已经能够跳跃
在大地上奔跑

在泥土上画
一张婴儿的小脸
一株刚植下的小树
树枝指向蓝天

已经让人想念
让人难忘
那逐渐丰富的小脸
已经会生气地

转向另一边

1992

烛光中谈话的两个人

烛光中谈话的
两个人
脱离了尘土
接近了声音

两个人
在烛光中和衣坐下
开始对视　说话
性别变得突出
身形显得隐蔽

一片淡淡的光辉
使时间模糊
使声音沉重　缓慢
散发出
燃烧的书信的气味

相持在木桌两侧
大脑在身体上转动
两个人的声音
正是大脑转动时
在烛光下的回声

烛光中谈话的

两个人　无法注意到

蜡烛正变得短促

性别又趋向模糊

1993

过　客

从南边动身
向北方走去
经过晴天　阴天　雨天
经过雪天
锋利的北风里
行走的
只有他一个人

他一个人
怀揣自己的心脏
要到想去的地方
草原　高山　甚至
灿烂的太阳里面

饿了饮食
累了歇息
遇见强盗　以命相搏
不知道走了多久
不知道走了多远
他走过的地方
他立即就会遗忘

他路过我的村子

看着狗　树木　门窗

他走到村子里

走到一条小巷尽头

右拐　再右拐

最后

坐在一段曾被烈火烧红的矮墙上

他痛哭了一场

1993

武　汉

必定有一个人　看准一个时刻
从苍茫夜色中　脱身而出
踏一路碎花般的灯火
进入武汉

就是前天　或者是十一日
四月的一天　他来到武汉
怀着满腔感触　无人知晓的思路

三个城池组成的武汉　巨大的武汉
每天早晨用长江的水洗脸
巨大的武汉　三天前
是他小小的目标　像一支黑暗中的火苗
在他心尖燃烧

像他一样　怀着与他相同的梦想
列车或者飞机　或者长途汽车
不顾路途遥远　直奔武汉

武汉　爱人的城市
黄鹤翻飞的山顶
来到武汉的人

我记得你的模样　永远记得
四月八日　在离武汉很远的省份
你移动你自己熟悉　而我却依旧陌生的身体

我感到了这次移动　我知道
必定有一个人
从夜色中解脱　从自己的世界
进入爱人的世界
四月十一日　一九九三年的春天

我去过武汉　在江边的饭馆
我饮过一九八九年武汉的酒水
那时我并不知道
今天你会到那里停留

四月十一日有十二万人来到武汉
但我只看见你一个人
从大门进去　直抵武汉的三个心脏

1993

又到年底

这是无法删改的
又见到了你

就像时间
猛然到来

又仓促离开
比贼走得更快　更慌张

走到了山顶
继续走

就只有下去　再上来
又一次重复
又见到你

1993

我乘坐纸张

黑暗的河水涨满了　今夜的大地
是巨大的河床

我的灯火　是渔民点在水面的灯火
但我能捕捞到什么?

我乘坐纸张去你的手心
洁白宽大的纸张　坚韧的纸张

我变成四千个文字　像四千粒
刚刚脱粒的稻籽　带着新鲜的金色

我的纸张打造的船　纸张缝制的帆
我的舵也是纸张　我的桨也是纸张

黑夜就是我的道路　它通向一切
因此　也通向你的眼窝

沿着灯火滑行　我不改变我的决心
这水面的爱情之车　没有马达的声音

它悄然驶向你　张开的臂弯

微微闭起的眼睛　赤裸的唇线
是我今夜停靠的岸

1994

我看见父亲

我从所有患病的人中间
看见了你
我也在所有健康的人中间
看见了你　父亲

父亲　大雪飘向乡村
淹没你每天行走的路
我看见你在年底回家

那时　我坐在出租车上
昨天傍晚
我看见你从我的生活中
一闪而过

在所有值得怀念的
普通人的名册上　父亲
我看见了你的名字
在所有死去的高尚的人群中
父亲
我看见了你劳动的心脏

这是被大雾封住的子夜

父亲　你看着我睡去
又等着我醒来
我在珍贵的平静中
听见你沉默的一生
听见你的脚步
踩着大雪越去越远

我从我并不流下的泪水中
看见了你　父亲
那一年　正月初七
我看到你
和所有伟大的人一样
从可怕的人世脱身

1997

铁路通向何方

在家中　我不知道铁路将运载哪些人
又将通向何方　在家中
我无法描画你周围的脸
车厢中无法奔向自由的空气
无法设想铁轨忍受列车的践踏
一年又一年　今天
又忍受了你的践踏

在家中我不知道铁路有没有改变
我的家　离铁路并不远
离惊心的轰鸣和碾磨很近
我不能在想要的时候　就
夺门而出
拦住为你而运行的呼啸的火车头
在急刹车的白色蒸汽中
目睹你一息尚存的青春

我修浩了铁路　在朝光四射的时辰
将铁路从肩头
卸到地上　我修造了铁路
经受劳累　饥饿和梦想
所混合的折磨　经受过大地上

从北到南绵延的深远的光荣
但正是这条路
将你从我心尖带走

1997

沙滩上的名字

是寒冷的时候　水位降到沙滩以下
打鱼人在我出现时消失
我是来担水的　来到长江的支流
经过堤坝　结冰的草根　打滑的路
经过沙滩

是谁让我　在沙滩上写下
你的名字？远在城市的名字
锐利而且悦耳的两个字
抑扬的声调飘向阴暗的天空
江水静止着　让我把写下的名字
一次次在心里读完

在沙滩上写下我的爱情
四个年头　只为了这两个字
在中国最著名的江水一侧
写下我真正的初恋　我所喜欢的
沿着这沙滩走下去就能找到的
与名字相反的
风浪无法冲走的　你

深深的名字　无视寒冷孤寂

汉语中我难忘的词
两个简单纯洁的音节
和我所要求的水一起
在我生活过的江边沙滩上
展示给我祈求过的　每一位神祇

1997

让我穿越你的梦境

你将在梦里与我相见　爱我的人
你将寻找我的手　甚至拥抱虚构的我
灰尘　阴影　光线　虚无的我

我仿佛已经死了　在另一个地方
难道我真会重生？我这样渴望过
很久以来　我这样反问自己

你将看见我不改变的心脏　也不改变
生活中稀有的笑容　保留身上所有印迹
和孩子给予我的温情　我消灭着自己

让我穿越你的梦境　倾听
一路上你宽容与忏悔的语言　让我像
一个故事　失败的故事
在成功之后回到你的住所

但我永远不能回到你的心中　甚至
不回到我自己的心中　我不会回到
你的生活之内　手掌之内　衣袂之内
我不会回到你的身体之内　就像最初
做一个无知的婴儿　蜷伏着　憩息着

从一个夜晚走向下一个夜晚是容易的
从一个梦境移向下一个梦境也是容易的
从一个影子走向另一个影子呢

你将在梦里与我相见　而在大路上
我们不再相识　亲切沦为折磨和遗失
只有在梦里　我们依然是那张脸
那缕呼吸　那无人限制的笑
你将只在梦里看到

1999

咖啡的馆

自由而悲伤的香
苦的香
落在杯中不愿消退也
不可能挥发的
午夜的颜色　是你吗

含泪轻抚音乐
我能听出其中
来自我的低泣
中午的却如黄昏般低垂的阁楼
所有人的影子
空无一人的影子

热闹的上半夜
盛装而出的背叛
在我离开之后
桌布上的方格还保留着深刻的指印
诗人罗巴来过这里
在此一坐
时间是 1999 年 12 月初
阴天　庐江路
青松咖啡馆

落进肠胃的哥伦比亚的香

追忆只能产生烈火
往事无法扑救
一个名字　就有一次战斗
在生命的核心　暴发过虚无的山洪
推门而进的人　不是我
这已不再让我痛楚
即使如同咖啡豆
被一点一点　碾为碎末

1999

去年和今年的某个夜晚

去年的某一个　晚上
群星是撒满天空的铂金
一粒　一粒　又一粒
闪烁出性别之香

那个晚上
群星被摘下　穿过爱人的指尖
缓缓移向光辉的教堂
去年的某一个晚上
欲言又止的泪水回到梦中

坚贞的金　在烈火中永生的金
在毁灭中不屈的金　闪亮着
由悲伤和幸福合成的奇怪的金
包围着响亮的钻石
永不锈蚀的金

那个晚上　去年的某个黄昏之后
天上的群星　天上的名字
随着时钟降向人间
并且沉沦　直到今年的核心
直到如今　黯然无光的

沾满金钱和脂肪的手指

今年的某个夜晚
雷声震撼着教义
被夺取　被割裂的钻石
在黑色中变黑

1999

我去过

我的声音去过上海　顺着一根电缆
不远千里　直抵你的耳鼓
当灯火阑珊　上海的风掀动黄浦江水
我的声音　就在那水波之中

我的笑容去过上海　沿着同一根电缆
去会见你的笑容　当陌生的脸孔们
消失在你的视线　我的笑容
是浦东上空那轮明月　照亮某个名字的午夜

孤独的午夜　孤独地在两个城市之间
来去的影子　在欢聚的年月之后
一个人能否活得很好？在上海退潮之后
明月落进东海　姓名成为碎片
在梦幻醒来之后
我真的去了上海

我用脚印去了上海　我的衣装　行李和思想
在上海停留了三天　原来时间也可以
是苦涩的　原来虚无的怀念也可以是沉重的
原来好的日子也可以将我安排进另一种日子
让我呼吸着　看着上海　但是不能说一句话

我走不完上海那冷清的路
我看不见巨大的上海有任何一个人　你早已离开
我寻找不到　你曾经停留的地点
你曾在那里站立　打开电话　接听真诚的语言
我像一阵横穿上海的风　只能带走
曾经繁华过　美丽过　而今正在凋零的
上海树上的一片树叶

1999

暴雨过后

我看见无数挥舞着的
青草的小手
我看见风吹过
一个又一个孩子的心脏
我看见你
走在光线里
依然像是一朵巨大的花
在广阔的天地间盛开

我看见彩虹
从人间直射向天堂
我看见青草下面
母亲干枯的笑容变得湿润
我看见父亲
对母亲格外的好

我看见这个世界
在树荫下颤动
它把一滴破裂的雨水
献给了泥土

我看见你走在路上

一手拉着我
一手拉着哭泣
你走在路上　我看见云
从房子里飞过

我看见我自己　变得明亮
我像是一支笔
在河面上画出清澈的你

我看见明天
暴雨将临
我的大好河山和岁月
被雨的箭头射中
一千个伤口
现在就已经在阳光下
预先　流下了鲜血

2005

路过广州

我必须过着我厌弃的生活
岁月像是昨晚捏皱的纸张
一团又一团　被送往城郊的
垃圾站　即使变成了烟
还要在这世界呛人

我对路边的树说
这不是我想要的日子
树木的叶子正在落下
并且一生都不会开花
我的心在冬天的冰上结冰

给这个巨大的城市
打个电话
回答你的却不是芬芳
我想做一件不再平庸的事情
但最终还是不得不回到平庸

在机场的出口处
我像一个没有偷到任何东西的窃贼
面对正在下降的太阳
我的脸

写满了麻木　迟钝
和对自己的全盘否定

2005

难　得

难得有这样的风雨
难得夜晚点燃烛火
难得一个人坐在阳台上
难得有几个名字
可以想想

难得有门
将雨的脚步声挡在外面
难得有窗
将你的样子绣在雨幕之上
难得街上还有路灯
照向一个晴朗的日子

难得有空回到昨天
难得喝一杯茶　写一封三年未写的信
难得以童年的手法折成一只船
随着雨水　飘到秋季
收一船桂花　划进庭院

在风中走　走过多次
在雨中游　游过很远
一把伞的世界里

难得容下过两颗芬芳的心

风消雨停　对面楼上烛光转暗
难得安息
难得跌回正常的午夜

2009

远处的故乡

故乡：1970年代

1. 小　学

铃声响了　是全村唯一的铃声
大家慌慌张张抓起书包
其实就是几块缝在一起的花布

通往小学的路格外的长
下雨的日子　光着一双红红的脚
啪嗒啪嗒踩得水花乱溅

村南的杨老师说跟我读
全体同学就读毛主席万岁共产党万岁
中华人民共和国万岁
冷不丁来一个城里的教师
肯定听不懂在读些什么

土坯砌成的教室　泥巴垒出的课桌
小板凳是父亲弄几根木棍钉的
一双双大大的却不一定明晃晃的眼睛
有时盯着窗外的飞雪

永远也不会有很多作业

回家趴到床沿上随便写写画画

明天一定能交个好差

受个大大的表扬也不一定

永远有时间跑到大堤上看长江

水涨水落我们比大人还要清楚

永远有农忙假等着我们去田里劳动

几天后必定要交一篇作文

作文的结尾

全部都是今后我要怎样怎样

永远不会有家长跑到学校

接什么孩子

常常有罚站的日子

下面的同学都看着你

还用一根手指在脸上划　意思是真丑

几个学习不错的也会约着逃一次学

如果一次老师并不在意

那就再来一次

直到父亲提着吓死人的荆条满地里找

那才过瘾　才乖乖滚回学校

2. 过　年

当我们纷纷吃上黄色豆子磨成的白豆腐

一双小手给妈妈洗得干干净净
我们知道　就快过年了

从来大人们盼着插田
而活蹦乱跳的小孩子
只盼天天吃鱼吃肉天天过大年

过年了　我们套上新鞋
穿上新袄　我们走家串户
提着摇摇晃晃的灯笼
照着黑了一年的小路

长辈一句表扬的话
让妈妈红着脸高兴了一个正月
父亲可以稍稍多喝一点老白干
大胆地在妈妈脸上拧上一把

来来往往的
都是天天见面的乡亲
提着红红绿绿的包裹　打东家走到西家
好像好久不见一样
所有人那个客气劲就别提了

高门大户放的鞭炮比我家要长很多很多
父亲默默地听　不说一个字
但是大年初一

就命令兄弟们统统关在屋里读书

因此过年只能过到一半
许多精彩的打算
不得不在新的一年来临时结束
而一颗轰轰作响的少年的心
怎么也不可能就像冻雪一样平静

姐姐无论何等花枝招展
也捞不到去她想去的亲戚家走动
当正月初六的风吹来一丝丝春天
她悄悄地逃走
满村的人打着灯笼找啊找啊找啊
要找到她还真是一场黄粱美梦

隐隐约约我知道一些情况
但是我不会说出什么
仿佛那一次过年我哗地一声突然长大
一点也不像大户人家的红爆竹
一碰到好日子就噼里啪啦越放越短

3. 妈　妈

妈妈的一根长辫子让城里的男人
跟着走了好远
特别乌黑的青丝

最容易叫人在春天里发愁

我那时还是没有出生的我
父亲正是那分外发愁的人
心里念着那个时代最美的女人
手心真能捏出一把汗来

妈妈最能一字不识地唱上一部
长长的黄梅戏
台下看戏的人都伸着长长的脖子
为的是见一见不大容易见到的美女

一袭淡淡的衣裳　没有一朵穷人家女孩
能够穿得起的碎花
一阵走过来的轻轻的风
自然夹杂着田地深处的土香

天阴落雨　我坐在小板凳上
看妈妈飞针走线
绣那如今无人能绣的花
有时候父亲拿起来闻闻
就像真能闻到一股荷叶的清香

日落西山　我站在路口
等妈妈扛着锄头回家
洗菜做饭　同邻居大娘家长里短

一粒灯火

不知打发了多少宁静时光

父亲的生产队长　妈妈当了一半

但是没有人知道这一点

妈妈总是笑着笑着

认认真真听队长的每一句话

这样的妈妈也会去世

离开自己最爱的儿子和生活

那几天整个村子哭成一团

就像父亲去世的那个春天

妈妈献给父亲的一场大哭

4．清明时节

不是四月五号就是四月四号　六号

三月刚过就应该怀念祖宗

鞭炮在山上炸翻了天

最爱趁春天溜回老家

早晨躺在老式苏州床上听小鸟一阵乱叫

深深地　一次又一次地

把花香吸进来又吐出去

松松的柳絮随便地飞呀飞呀

飘得满院都是

就像是踩着雪或棉花

只是更无声无息　更像是梦游

一下雨　贵池的人就说起杜牧

放牛的老人以为自己原来很年轻

天色向晚　还有一点冷呢

为何不来半瓶小酒加上二两花生

杏花昨夜真的趁黑开了

果然今天天气放晴

春雨比油还要贵　错过了节气

祖宗那里作揖再多还不是挨训

最喜欢清明里一片片金色的油菜花

蜜蜂忙啊忙啊

嗡嗡地像一粒粒金豆子

围住花香直转到太阳西下

每一年这几天总有人十分享受

尽管生命易逝

却总有杜牧式的人物

还有花的草的树的水的

无法不让人想入非非

5. 小　河

河水一点也不比城里的空调差劲
二十五年前的河水流得比现在宽

小孩子只能被大人抓着才准到河里去
洗洗大脑袋和小屁股
大一点的少年气势很足一口气能游出好远

那个快活劲
一点不比跟在父母后面进城吃一根油条差
凡是有美女洗衣的河段
必定有一场玩水大战

河水非常非常灵活
再伶俐的好手也不一定能逮到一条草鱼
河岸是如此整齐
就是用王麻子剪刀削也削不像

男人们基本没有出门打工一说
因此天麻麻亮要到河里担水
冬天呢　冬天里好男人还代替女人
砸破坚冰洗衣浆衫

我曾在最冷的大年初三

穿着布鞋在冰上打滚
我曾在最暖和的春末
手握竹竿坐在石头上钓鱼
我曾和父亲一起
一次又一次顶着六级大风来回划船
仅仅七天就挣够了安徽师大一年的书本费

现在河底好像经过一次造山运动
自来水通到每家每户
代替女人洗衣的男人出门远行
而他们真正的榜样　我的父亲
去世已有九年

6．明　月

夏天我家的河水涨上了天堂
我家的人坐在梧桐树下
喝最简单的茶或者干脆凉水

明月每晚准时出现
我和一大帮同我一样看上去就是
农民子弟的孩子
奔到稻场上　玩

妈妈总是在月亮快落山的时辰
摸过来抓我

一个又一个妈妈

就好像抓星星一样抓回自己的儿女

没有哪一个傻瓜能够快快入睡

青蛙总是没完没了地交谈

没有哪一只愿意停下一句话不说

而纺织娘打月亮上山时起

就反复练习那首民歌

特别是那无法描述的风

就像是用清水洗过一样

干净呀　凉爽呀　还有很重很重的牵牛花香

连用来看门的小狗

眼睛也格外明亮而且放松

大家都看着月亮

到最后一户户都回到屋子里面

那一定是再也看不见月亮了

但是我们这些小孩子

第二天可以睡早觉直到该为大人烧午饭时

才想起今晚反正要继续和明晃晃的月亮

一起玩

7. 六个女青年

记不清哪一年

六个青年突然来到生产队

住在一座大房子里　最好的

生产队唯一不漏雨的瓦房

六个都是青年

父亲说那叫下放学生　从上海来

坐着大轮船　穿着城里人没有补丁的衣裳

下放到生产队锻炼

会计说　可能中央注意到

我们生产队了　因为稻子的产量

实在太高了　生产太好了

女学生住在一起　老鼠在墙角奔跑

引发她们的尖叫　她们的叫声

也像民歌一样好听

自从她们来后　生产队的夜晚

变得更加安静　小伙子们帮她们做饭

想听一听她们唱歌　看露天电影时

我为她们占到了最好的位置　所以

过年她们从上海来

总给我带来很多糖果　还有一副

乒乓球拍　她们曾集体

来到我家　送了生产队长一双上海产的胶靴

质量很好　队长一直没有穿坏

记不清是哪一年她们突然来临

记不清她们在生产队待了多久

但记得清她们扛着锄头到麦田去
为她们所说的韭菜除草
有两个女学生不小心锄到自己脚上
这两人后来进了安庆城
另外四个后来回了上海
问生产队长她们是哪一年离开
我想父亲他这件大事还记得很准

8. 郊　　区

城市在我东边　　在所有少年的想象之外
当我们五岁时仰望它
只隐隐看见它淡淡的烟囱

有时听大人介绍
我们能闻到一缕它的香味
心里想啊想啊　　总有那么一天
我要长大　　自己有几分钱
去城市坐坐车　　尝尝点心

太阳出来的地方
总是提前天亮　　东边的城市
最先见到阳光　　要走多久
我们的一双小脚
才能到达护城河畔

没有人会听一个乡下孩子的废话吧
城市有城市的语言
我想你平时最凶
到了城里准是哑巴一个

也比较过城里女孩和我们女同学
谁也没有见过　却都认为肯定更好看一些
不用下地　又有好东西吃
估计学习比我们都好

郊区是十年后才成为郊区
在此之前我们只有幻想和不快乐
想起许许多多城乡差别
现在还有人说　想为小时候大哭一场

但是我们都爱城市以西
不光是因为在那里长大
眼看着火车轰轰烈烈将它们串到一块
站在城里的心情确实有点说不上来

9. 伙　伴

当我三岁　当我六岁
当我坐在透风的教室
与你们紧紧挤在一起读书直到初中
我以为我们都不会分开

我以为我们是一家人

一起上学一起玩耍

有时候谁家来了客人

灶屋里飘出一丝肉香

我们就会聚到一块装作正好从他家门前经过

三个人能搭成一架马车

上面坐着全年级最好看的女同学

放学后你追我赶跑到草地上

赶马的赶马　驾车的驾车

天亮之前

大家在村头集合

然后跑很远很远的路拾肥

如果大一点的学一声鬼叫

小点的孩子好多天就不再起早

农忙时节谁想干活谁就是傻瓜

夏天偷偷赖在河沟中间

使劲扎猛子扎啊扎啊

可是逼我们下地拾麦穗的爷爷站在水边就是不走

手拉手走过的漫水的木桥

听说二十年前已经断了

前前后后滚过一千次的草地

换了不知道多少回绿色
一万朵小花还在春天正中间开呀开呀
只是我们分得远远的
分得不说出名字已经不能相认

还有你　曾经每天两次
我在上学的路上磨磨蹭蹭等你
听不见你的脚步我就决不坐到泥巴垒成的桌前
一条铅笔画出的细线
终于很快将你我使劲分开

每一年我都去到故乡
但是我再也看不到想看的景色
和人　有的打工在外
有的不愿多说　沉默像一堵坚实的墙
将我们隔在两个冬天

10. 瓦　房

曾经几百年所有的人
都在那里出生
并且长大成人　瓦房
比所有楼房都高

在绿树前后和篱笆旁边
砖头从村东运到村西

每个人的手都是工匠一样的手
连小孩子都忙着呢
或者和泥或者递瓦

盖房子是全村最大的事
避开农忙才能聚全村之力
老封建们要是不嫌麻烦就请位地仙
校校罗盘调准方向
一家人天天进出的大门岂能闭着眼睛瞎开

顶上的弧形玻璃又名亮瓦
是我们能够在屋里看天的窗子
如果有树叶胆敢盖住
立即踩梯子上房打扫

以精雕细刻的态度忙乎
工期十天大功告成
鞭炮一放　　不是封顶也是架梁
全村集合　　这节骨眼上会撒下糖果

风从瓦缝吹进来
雪从瓦缝落下来
媳妇从大门娶回来
许多代人　　从大门走出来

有绿树荫庇它并不一定就很热

离阳光很远它并不一定就多冷
瓦房最后只剩下我一家
老大一个村子　它孤单而固执
静静怀念
我在瓦房中过了六十三年的母亲

2003

公　路

因为公路　我才能抵达许多地域　在那些地区
我沿公路旅行　它们孤独并因此而明亮　突出
它们穿过河和平原　深夜飞雪
它们仍沿着陡峭的山岭盘旋

筑路的人死在路基下　活过来的生命
紧紧依靠公路耕作　他们不允许牛群走上公路
他们从不将自己造出的果实弄脏

如果你逼我下来　将我放到公路上
我的一生无论多么漫长　也不能穷尽公路

银子的光照在黄金上　夜晚的月亮照在公路上
财富静静从这里经过　无人知晓地流向远处
因此贫穷都成昨天　因此绝望皆成希望

对我而言　太阳不是从大海升起
也不是从大河上升　对我而言
太阳只从公路尽头升起　对许多人而言
公路的顶点　就在又高又远又洁净的天上

我离开公路　是去看望沿路而作的朋友

男人　也有女人　他们全都是辛劳的　美的
所以手上都握着缺点
这就像养育我的父亲和母亲
就像我那夭折时还想着远方的姐妹

我又回到公路上　你们能看见　一个普通的人
在公路边等车　他想途经更多地址
去逼近那个圆圆的顶点

1990

农业国

1. 选　种

秋天的风正途经我的双手　在院落中央
我筛选收成　透过成色和分量
我的愿望在寻找　一个像样的来年

最饱满的一粒　隐藏在亿万颗谷粒中
我寻找她　这时我想起
深山中的矿脉　能使一片国土辉煌

那最有生育力的　才是种子　正如我就是父亲
那最能忍受灾害打击的　才是种子
在地下坚信地上的光明　经受黑暗从不灰心
才称得上种子
没有养分　以自身为养分　没有水　从自身汲水
没有鼓励　自己给自己鼓励的
才称得上种子
种子　开花结果的头颅永远向上　能经受
开镰收割的剧痛　能面对漫山遍野的血流

也许这一次　我仍然失败　双手捧着的

不是她　这是可能的　种子还没有从母亲身上诞生
种子还埋在上一代谷子心中
还听不见我的呼喊
我不能否认　几十年几十次选种　都是为了那一粒
我不能否认　几十年几十次找到的
并不是我最渴求的　我不能否认
我耕耘　我抗灾　我死去活来
整年整年扑在庄稼地里　只是为了那活生生的一粒

她该容纳了我的一生　每个祖宗的一生
握在掌心　她只是一束光芒　放到地里　她就是
一座大海
供所有人享用　她生育更强的种子　更多的种子
正如我们农家的先人

每年我选完种子　将她们高举过头
我把她看作　敬给土地的一捧香火
每年这个时刻　我就知道
今年同上一年一样
无论我付出多少劳动　种子都说远远不够

2. 兄　弟

不论你在哪个大洲　我们实际在同一片大陆
是的　我们隔着大海和山脉
但在海底　大陆只是暂时降低

但在高山　大陆只是暂时升起

无论他们说哪种语言　我们实际在说同一种语言
我们都在使用与土地对话的语言
我们的词汇都是　播下种子
流出汗水　战胜天灾　准备收割

无论他们相信什么学说　我们实际推崇同一种学说
这学说简单得只有
让世界富足　让世界进步
让饥寒和贫困掩埋在农业之下

现在是黑夜正中　我地球对面的兄弟却正在劳动
躺在这夜雨声中　想着他们
我全世界的兄弟们
他们肤色不同　眼神各异　却都是农业的子孙

3. 大地上的耕作者

出门就是土地　耕作就是事业
对于我们　农业就是我的国家
那由绿变黄　最后灿灿发光的庄稼
就是从地下喷出的金子

农闲时节总是很短　每当这时
我们就同门前的田地闲扯　它们包围着我们

形成我的房屋　篱笆　我的儿孙和收入
我因此向它跪拜　我因此
竭尽全力　把它给予的加倍回馈给它

我知道春分时我的麦苗需要什么
我知道那些疯狂的不屈的杂草
必须用什么手艺清除　我常常觉得我是工匠
正在制作人人急需的温饱
整个世界都正等待着我　献出这些成果

在都市里可能没有人关心草帽下的那张脸
我经过漫长宽阔的街道
我注意到那么多人的笑容受到了农业的滋养
我还注意到城市边缘的工业
用巨大的烟囱向我们默默致意

这使我更快地回到土地上来　我加快步子
我同我新的锄头和锹　以及肩头的肥料一起
回到土地上来
这就是我的刨子　我的凿子　我的颜料

我的事业就是耕作　与土地的感情打交道
在我的眼里　大水与酷旱不是对手
最后　我知道一切都不能最终禁止
那蜂拥而上的谷物　多少年来
我们的诚心已经打动节气和雨水

已与收获时节达成默契

我之所以在疲劳已极的时候也不愿意休息
仅仅因为
我被各地的人　各种肤色的人需要

4. 耕作者之死

出生在我将要热爱的田垄　我的遗憾在哪里
半生流汗的母亲生下我　周围的玉米那么高大
大脚的父亲蹲下身来　血与土和成的泥
直到回家之后　他才为我洗去

不用谁告诉我　我的许多祖辈
就像我一样在田垄上出世　四周不是碧绿的玉米
就是洁白的棉花

在我亲手打晒的稻草上死去　我的遗憾在哪里
记得那一天我整理了稻田　来到谷场之上
在那里　我把草与粮的死结解开　太阳高高在上

记得一生中这一天不多
从来来得艰辛　从不来得容易

历经许多灾害之后死去　我的遗憾在哪里
全家跟随着我

逼厚厚的蝗虫退却　让开裂的日子合拢
然后手捧收成
流尽热汗之后总会流尽热泪
经过了就经过了一切　灾害的功劳
就在于把天下的耕作者　铸造成一个耕作者

埋葬在亲手深翻过的土里　我的遗憾在哪里
每天早晨我的双脚　总是急切地寻找这片土地
冬天它是热的　即使雪已很厚
夏天它是凉的　哪怕水也烫手

你们将要翻晒这土地
每当这时　我就能见到太阳　看见家园
只要你们
比我更深地翻晒这土地

1990

怀　宁

1. 人　物

怀宁的人物在怀宁之外
国家的档案馆里　他们的名字
突破积尘和警戒　在博物馆
他们怀抱馆藏价值　保护在玻璃柜中
供人瞻仰　致敬

我们说起怀宁的人物　首先进入历史的链子
有些是关键的　这由怀宁组成
比如杨月楼用徽剧将怀宁运到京城
他途经整个北方　到今天
他已用怀宁破土的剧种
影响了几个大洲的视听
比如在中共党史中　你从最早一页
开始看　黄昏时分
独秀山下一位书生的后代　把火种捂在长布衫下
点亮了上海的一间屋子　那些温暖的座椅
之所以永不冷却　正是因为
这样的儿子们坐过　他们在"人民"两个字上
激发了为几万万人献身的想法

北朝是漫长的年代　你怎么也想不到
一位姓焦的青衫小吏
为了比现代更忠贞的爱情
要与一位潜山女子结婚　结局是为封建所杀
他们为情自尽的故事
就是路边那些活动的人物群雕
他们曾经直到永远　是典范的情感教材

朋友　查阅史料是徒劳的工作　你不如
到月形山　黄泥墩走走　去十里铺任何一家茶庄
喝一杯　邓石如书法里泡出的茶
怀宁　以褴褛的衣衫　粗糙的稻米
和简单易行的方法　喂养了人物和这一片
土地的历史　千百年来
他们沿用一种姿势劳动　收获　繁殖和忧愁
甚至在结婚时节
也是同样麻利而又腼腆
你简直想象不到　怀宁的人物

2. 田里长出的贡品

明朝的朱棣坐在跪着的妃子对面
他用过了南边进贡的茶点　那些薄薄的片子
二寸见长　一寸见宽　那些薄薄的贡糕
撕也撕不破　揭也揭不完

洁白的片子　那大米做成的糕点
明朝的皇帝　将它们　赐给了爱妃

从此以后　凡是田里长出来的收成
都要在石牌镇上精心加工　送入京城
南方的风水　滋润了一个又一个纪年
这是贡品啊　人民的手缩了回去
他们把最上品的大米
交给了　马车上的征收官

这还不够　还有麦子中最有色泽的颗粒
要由童贞女的双手挑出
要掂掂它们　是否真有御膳的分量
皖河和长江之间的
狭长地带上　怀宁的麦子碾出的面
在甲午年间　热腾腾香喷喷
照亮无比紧张的龙颜

现在的乡间店铺　处处是贡面和贡糕
可是皇帝死了　一个接着一个
如金似玉的贡品
早已轮到平民品尝　山东山西的人
河北河南的人
还有过路的人　你们尝一尝
怀宁的大河流水　这里的五谷杂粮
过去几千年　它们只属于皇上

3. 在星空下

头顶是猎户星座　它的箭通过后羿
射落了九个太阳　所以庄稼黄而不焦
流水丰而不枯
仙女星座　通过母亲　千万个我母亲般的母亲
告诉我从天上落下的一个个传说
告诉千万个和我一样的怀宁儿孙
火热的夏季　河床中的水是清凉的　饱满的
夜半三更　竹床上你侧耳细听
北斗那巨大的勺子
正将银河清甜的流水
舀到乡亲的碗里

三万个儿童在星空下数着
数不清这些星星　三万个愿望
在星空下分享星空
三万个架枪的日本岗楼　挡不住
这些星星的光芒

这是我生长的地方　这片领空
就是我所在的国家的领空
不论你战死　累死　也不论
你艰难地活着　宽松地活着
这星空中的星星

都有一颗　以你的名字燃烧并且运行

4．美　人

美人她离开了劳动　黄昏时分
随太阳隐入丛林　美人她未曾犹疑

美人她离开了草地　树叶和草籽
记住了她肢体中的香　美人她到了他的膝上

一百个美人离开了衣裳
一百束青丝散开　一百道闪电
照彻一千座丘陵

美人她离开䐃脰　婴儿抱在她的手上
那深色的乳眼　涌出浅色乳浆
美人　她将怀宁喂养

美人　美人　离开劳动　返回劳动
那时太阳还未登上山岗
美人　美人　离开草地　落向草地
那时青草绝不声张

美人　美人　美人
离开衣裳　回到衣裳
那时她用他的动作　嘲笑他的慌张

美人

她来到我的纸上

她盯着你　从子夜直到天亮

5. 在风俗中

一年四季　一季三月　我在风俗中行走

在风俗下　我见到未了的心愿

我还见到　那些在屋后低语的亡灵

我看到香火升起　腊月里灶王爷一步登天

除夕之夜　他同远出的村民齐归

怀揣丰登之秋

我看到龙舟竞渡　粽子喂饱的鱼群

不再拦住

三闾大夫救国救民的去路

七月初七　葡萄架下我的儿子听见

天上落下的声音　一座长桥

由我家门前的喜鹊架好

在这样的日子　逃婚的美人得到勇气和方法

她要沐浴更衣　她要打马出门

在风俗中　父老的手伸向高空

祈祷瑞雪和平安　灯红之处

读书人从深夜熬到成名

我记得鞭炮响起　父母在后　书箱在前

我们在典籍的引导下

往长江边那座新屋搬迁

在风俗中生活　你心平气和

你吉星高照

你能懂得真正的乡土

朴实的民心

6. 方　言

要礼赞方言就必须远离故乡

只要你随意说出

家乡出产的语汇　你就是

不再严厉的父亲　已经生还的妈妈

你就是妹妹

你将情人的黑衣在河中洗白

你就是姑姑

赶到这海角处的坟墓

双手清理我长长的蓬乱头发

我这迷途的人

沿着方言才能找出回家的路径

我回到家乡　重温出走时的感伤

返身之际　便随手拾到

方言的粮食

平日里我收藏方言　在拥挤的都市
我不准他们　将它挤伤
我尽量用别的语词与人说话
这是因为什么　这就像我的诗歌和爱情
决不轻易　交到某个人手上

如果你想　对我说出方言
你再也不要以为自己难堪粗俗　如果
你要同我回忆家园　她的谷物
她的牛羊　还有它造就的美女
请你使用方言

哪怕你不与我说话
在异地相遇时
你打个手势我就知道
我已被你视为方言　你
也被我看作
前来寻找我的家乡

7. 山　水

假如道路不这样崎岖坎坷
就算不上怀宁的路　如果土壤在黄泥墩
不突然变得枯黄　就算不上怀宁的土壤

这叹息般大起大落的地带　在安庆之西
它的尽头　是石头般的古镇石牌
镇西的荒坡上　清政府的大刀
砍过多少祖宗的头颅　多少人
打工在外　于高门大户的屋檐下栖身
1930年　天上没落下粮食
你我爷爷强壮的身体　就倒在
地图上这一片山水之间

站在山顶你看不见山外
立于水边　你只看见怀宁自己的倒影
黄泥墩枯萎的脸　腊树般精瘦的臂
还有菖蒲荚那蓬乱的头发
海口洲那塌陷的胸膛
1949年　父辈们从衙门接管的
就是这样的怀宁　这样的家

在外游走的儿子　当你返回这山水中
你不可能以你的想象
来推算劳动者的艰辛　你坐在那儿
像欣赏邓石如的书法和篆刻
欣赏这一派风光
你不会想到　就在这方土地上
为了树立　一个咬牙切齿的决心
多少血汗被山掩埋
多少姓氏　被水溺毙

8. 战　争

三八年怀宁上了战场　村外的稻田里
父老们一手放下锄头　一手拍着胸膛
硝烟之中　怀宁的怀里　孩子正在吃奶
他的姐姐在这时刻　将信件和勇敢
火速送过连绵的山岗

告别新婚妻子　把母亲之泪
用粗布衣袖擦干　怀宁
以子弟的名义加入队伍　跨出山洞
直插青纱帐　激战之中
它动用杀猪的匕首　猎狼的土枪
将敌人追到巨网　即使有漏网之鱼
也没逃出
北边八里湖的一片汪洋

十面埋伏　八方包抄
怀宁的衣装　怀宁的心脏
怀宁的女子纳了鞋底　怀宁的土地献了干粮
甚至怀宁的粗话
弹雨中也特别响亮
用来高呼用来劝降

最后一次是　1945 年

怀宁遍体鳞伤　冲过了龙溪岭
同卢沟桥和南京一起
把盼了几百年的胜利　捧在了手上

1991

乡村组诗

1. 宽达四公里的河床

青山的裙摆　牛羊在那里舞蹈
河水退走　草尖挥舞着风　和牛羊的皮毛
又一个冬天　在亿万个冬天之后
我从这里经过　骑着坚硬的单车
在亿万个行人走过之后　来到这条路上
进入四公里的宽度　仿佛测量
自己在世界上的大小　轻重
我像一粒　石子
带有人的形状　人的感情
用人的语言评价这宽广的河床　当河水
被引向土地深处之后　我出现
在四公里的宽度之中　我暴露出
热爱野草　野花和乡村色彩的本性

家的西边　落日的东侧　青山的裙摆
曾沉浸在夏日清凉急切的水里　渔火曾经
诱惑着鱼　以及岸边洗手的女人
夏天的夜晚　倾斜的草
让位于平坦端正的水　青草固定的牛羊

让位于四处闲游的鱼　牧歌
由渔歌替代　而我远离着这一切
像血远离血管　生远离爱

2. 回到建在泥土上的家

回到家　十一月的钟摆将游子运送回来
是的　回来　一个地点甚至是一个人的一生
我的一生就是回来再出去　出去再回来
泥土上的家　依旧体现于泥土
只要　泥土存在　家就无法不存在
温暖的火在灶间持续　呼应了
空中无法了解的恒星　泥土的家
静静散布在杉树林身后　天空的下方
石头和骨头的头顶　像一个复杂的汉字

门与窗　"痛苦化为石头的门槛"　疾病
向年老的父亲发起袭击　伤口从他的躯体
延展到相关人的躯体　泥土上的床铺
终将空旷　他将落向泥土内部
成为　自己来世的根和养分
回到家　他被人世剥夺了一切
很多年内　人们会说起他

家的嘴吐出他　吸入我
两扇老掉牙的木门

在夜晚关上　控制住四散的灯光

3. 像我这一代人

像我这一代人　因为接触文字和公式
脱离了庄稼中灿烂的玉米　银白的棉花
和下面深厚的沃土　我们走开
向城市进军　如同乡村射出的流弹
侵犯城市的地平线　夺取城市少女重于生命的爱
以城与乡的结合　造成
证据一样充足的婴孩　看着他
从泥土到水泥和银行的道路　一年年展现

流浪在外　在家园之外　职务之外
有时在婚姻之外　寻找规则的漏洞
将小小的缝隙撕成峡谷　滴水幻为海洋
像我这一代人　由乡村出发
寻问工业中的真理　机器上的财富　政治中的自由
谁也无法知晓　应该在何处落脚　抵抗
卑污事物的引诱　忍受一切折磨　因为
离开了也许不能抛弃的要素
我这一代人　是这个世纪中
城乡之间用来交换的物品

4. 锯木头过冬

寒冷比饥饿猛烈　比灾荒更迫切　锯子
来到我的掌中　看着木头　锯子
也看着我　但它什么也不想说　它的言辞
藏在交错排列的牙齿内部　如同刑法
在法官心中　早已准备妥当　任何时刻
都可以动手　拉动锯子　在我认为
恰当的分寸上　把完美的木头肢解

描述过程无异于重新犯罪　现场先是在
和平的林中　鸟鸣的音乐回旋　一棵树
土地举向人间的礼品　被锯倒
人被屠杀　施以极刑　处于音乐中毫无防范
宣判在十三人就餐的桌上进行　树木没有听见
它的手不舞蹈　丝绸般光滑的叶片
护卫着婴孩之梦　现场又移向门前的空地
这里的树木已被全部锯尽　肢解的现场　冬天
在冬至这天到达　为接受烫手的馈赠

锯木头过冬　生活的法则　耻辱的逻辑
为一些生命的生命　杀戮另一些生命的生命
锯木头过冬　砍树木的头　无辜的头
斩木头的腰　无辜的腰　无辜中带有烈火
而烈火　正是冬天的支柱　暖和的难忘的

幸福生活　被火焰烧熟的性　两具拥抱的
无法逃走的形体　在牺牲中造就另一具形体
新一代的形体　健康　流动着木头之血
随季节步入春天

5. 有一个情人在我家乡

忽然　她出现在高高的山上　只有风能够
碰到她的腰肢和双肩　只有风被允许
吻她星辉下软弱的脸庞　她出现在低低的
河谷　也只有风能拥紧她的身子
我想念过的身子　风拥紧她　像词根和词根
组合成一个　完整的词

为什么要得到她？一个情人　在我的胸中
高高的山和低低的河谷　我从小就与它们为邻
它们在我的心中　我想着她　追忆她
我热爱神一样热爱她　难道我还没有
得到她？我得到了她　在她所不知道的午夜
我和她在门的背面告别　我握着她的手
我的诉说如同所有情人的诉说　揩她的眼泪
诱使她迎接我

如果她知道　她会躲开我的爱情　我想着她
来自我的家乡　在白雪中获得皮肤的色泽
从流水的线条中获得身段　她在我的家乡

她有时会想念我　当她独立于高高的山下
或者在河谷的风中展开四肢　她会想到我
在她不知道原因的年代为我所感召
她不仅仅属于　不仅仅属于比我更空泛的风

1994—1996

发亮的河
——献给父亲和母亲

我的河从来没有像今天这样闪亮
洁白的牙齿　带来你死后才有的光
母亲　父亲
我把它献给你
我是你年轻时节手边的一只羊

洁白的羊　你是那么喜欢
我的颈项上　总是晃着银的项圈
我从家里出来
我总是向着河边奔跑

发亮的河　流过整个乡村
弯曲又深沉　即使在夜里
没有星星的夜里　沿着河
母亲　我总能找到你呼唤我的声音

我总是在河边上行走
我像一个吃草的小学生
离不开那片青色的大地
我只渴望着在河边打滚

故乡只有河流才能象征
母亲或者父亲　只有河流才有
你们身上的光芒　现在
你们都已不在人世
而我从外地回来　每年　每年
在河边有一个仪式　发亮的仪式
只有我一个人在岸上燃烧

我要说的是　我已经长大
真的长大　在我离开羊圈之后
我常常梦见我们河边的家
高高的堤坝一步步接近天空
一根绳子系着我　坚实得像河里的水
没有任何刀　能够将它砍断

只有河流是发亮的　它让夜晚
变成一张白纸　铺在我的桌上
我一直在喝这纯洁的河水　我才能
写出如此纯洁的诗歌：
我爱你　发亮的河
我爱你　面对河流的无声的坟墓

2005

老　家

农村不只是两个汉字　而是一个语系
老家就坐落在一片深深的林子里
在每一朵菜花之间　每一粒沙土之上
一个又一个人就像拼音字母
有着完全不同的造型和读音
彼此不相似的面孔
一起在语系里奔忙

我总是要来到老家
顺着道路上的句子
在标点一样的小站停留片刻
最后　在括号一样的老屋里
得到久久的拥抱

我看见的每位老婆婆的脸孔
都曾经是锄柄顶端的鲜花
皱纹丛生　手骨嶙峋
为后代浪费了一生　就这样坐在门前
看落日　数雨点　恍惚中活得年轻

我只是一个字音　被乡亲们读过
会飞的字音　落脚在城市的灰尘中

迷失在堆积的欲望里　　等我
等我回到老家　　该长的树长到了尽头
牵过的手已经完全松开

2009

在乡下

我为你开辟了一个院落
两亩大小
准备了五个房间
供你和你的朋友使用
靠西的方向
有一个露台
可以遥望月亮和她旁边的白云
我准备了九种花朵
六种在地面招摇
三种开放在树梢
还有围墙
就像爱人的手臂围绕着你
挡住冷箭　噪音
让每年年底的寒风
绕开你四公里以上

我为你准备了
一切被城市删除的元素
在乡下
两只鸟儿每天早晨将你唤醒
我知道其中一只
一生都在向另一只歌唱

太阳格外早起

墙边一万支草芽

用尖尖的手指顶住露珠

反射它的光芒和温度

一棵树紧挨另一棵树

手牵手向着天空张望

树叶安慰树叶

宛如人牵挂着人

一条小路造成环形

便于你闲走和狂奔

一辆机车等在车库

好让你驶向田野

或者接近小山

其实田野就在四周

田野和生长其上的玉米　山芋　棉花

麦苗　向日葵　苦荞

还有无穷无尽的金色的油菜花

一起包裹住屋子

我养育的蜜蜂边飞边舞

每天早出晚归

为你采制香甜的鲜蜜

三分菜地

藏着春韭　夏豆　秋萝卜

它们努力保持青葱的样子

只为看到你满心欢喜

某个神秘的黄昏

一位名唤田螺的姑娘

可能立在土灶旁边

动手升起

难得一见的蓝色炊烟

我为你准备了一条河床

宽阔　沉静　丰盈

它盛夏的清水

让你洗出干净的身体

和干净的灵魂

它初春碧绿的青草

任你躺着　坐着　践踏甚至打滚

我用河里的石头和泥土

堆出河边的山峰

好让夕阳在此等候你幸福的表情

我铺设了一条走廊

在乡下

我还召唤出五只蜘蛛

每个夜晚悄悄

顺着走廊织网

一种叫作纺织娘的小虫

每天在星辉下

为五个蜘蛛伴奏

你会喜爱坐在这里

久久地看着它们
直到月色散去　人声皆无

在乡下
我准备了日历和时钟
这样就能让自己
不会忘记岁月
还有
虽然没有约定但你一定会来的日子
以及抵达　停留　最终离开的时刻
我小心地　开心地　真心地
洒扫庭除　修剪花树　整理田垄
并远远地等待
我尊重的　我喜爱的　我想念的
我在梦里梦见的
人　带着自己的影子
从任何方向
朝乡下汇集

2014

墙与窗

江南的雨

只有气息没有声息的
是江南的雨雨的江南
三月季春的江南开始把浅红浅绿的笑
从雨中溢出来
只有气息没有声息的
是江南的雨雨的江南

江南的雨<u>丝丝</u>缕缕缕缕<u>丝丝</u>
江南的雨是阳光酿成蜘蛛们抽成
　　菜花香发酵成的
江南的雨是映山红们的姐姐
江南的雨是巨石的乳母把巨石的身体
　　涂上一层层青乎乎的童贞
江南的雨像是雨的江南　有
　　江南少女们的温柔和羞怯

三月　江南的雨打湿鱼鹰的眼睛
松针们绿色的血液要漫出纤长的指头了
江南的雨把湖面变成妈妈的脸妈妈的脸
小青鱼从姊姊身边游开　要去找
　　一束束亮闪闪的草丝了
江南的雨擦亮了渔翁手中的鱼钩鱼钩上的手

江南的雨把江南织成了一片大大的湖
江南的雨是悄悄的
悄悄的是江南的雨雨的江南

或许还有一双桐油木屐在高跟靴的低语里
或许还有一方毛蓑衣在花花绿绿的蘑菇伞中躲躲
避避
花花绿绿的蘑菇伞使江南的雨
也学会打扮得花花绿绿了　江南的雨啊

在三月的远方濡湿了我镜片中江南的故乡
　　濡湿了我的肌肤我穿过青坟的怀念
江南的雨把乱纷纷的桃花骗得
　　一齐从枝头飘落
我把阳光中织好的神经网向空中撒开
　　但江南的雨是捕不住的
江南的雨全部漏在如水的江南了
只留下一群灰燕接二连三地低语
和空中　一次剪不断的回顾

江南的雨又该来了　江南的雨
有一天落在北方我的胸前
是阳光和紫红的风汇合成的
江南的雨后雨后的江南会有
　　一座弯弯的扁担般闪闪的虹桥
但没有人敢从上面走过

走到江南的雨后雨后的
江南

1984

鹰　王

看见你我就不再诉说

……它从我思维深处飞过
它挟带着精钢之声
它黑得闪烁的精钢的声音
在日月中鸣响　持久而孤立
使我痛苦的心灵昂起头颅
它像见证人一般飞过
每次　都能搅起我感情的狂风
那精钢的声音
无限富于力度的声音
把人类的骨骼镀亮
天空没有这声音就会单调
人类失去这声音就会软弱
而鹰

看见你我就不再诉说

……而鹰
每只鹰都是意志在天空的投影
都是无法复制的帝王
它统治所有速度和视野

使沼泽为迷惘者浮起明亮的道路
不　它不再是鸟
它从我思维深处飞过
利爪无情地撕碎我所有困苦
它终将把我变为高原
砌满石头和阴影地接近神圣

你从我思维深处飞过
看见你我就不必诉说

1986.9

我家的雨水经过我的门前回到海里

我的家　我铆在大平原上的家
已接近干枯　包括田野上熟悉的气味
在这六月的残忍里
终于雨水姗姗落下

这是我家的雨水
我捧起一簇最美的水花
我捧起一簇立刻熄灭的水花
我捧着的雨水从手掌的裂缝中
冲刺一样迅速溜走

它一定会走过无数曲折的羊肠小径

它结识了这个平原上所有人家的雨水
（所有的孩子无不双手空空）
它们携手同行
唱着进行曲
昼夜不息的进行曲
不停地从远处的大河轰轰传来
越来越远

经过这一次

我没有了少年
我再不歌颂我那平原
那簇一旦捧起就会熄灭的水花

1987.3

快枪手

西部的白天十分宁静
这正是快枪手慢腾腾走动的时刻
他的脚
在地图上踩得很深

有时也很浅
脚印会突然停住
快枪手转过身来
蹑足而至的蒙面刺客
便与灵魂一起
从戈壁消失

马群从他面前刮过
飞扬的蹄声溅起黄沙
快枪手知道
这是自己幸福的时候
他坐下来看着风暴般的马群
额头在西部的阳光下恢复平静
即使所有马腿此时越过他的心脏
他也记不起抽枪

快枪手同西部一样

穿最旧的牛仔裤
身体的线条因此十分清楚
手枪的线条同样十分清楚
夜晚　他就躺在乱石之上
恭候那群
从法律外摸来的劫匪

临睡之前
他将手放在离枪很远的浅草上方
这时的手枪
忍不住在草尖上飘

1987.9

夜行者

十二点已过去很久
他还在街头走动
他走过去
再走过来
又走过去
路灯的光为他制造另一个人
这个人与他一起
使用同一双脚
来这个城市行走

我倾听这种声音
已经很久
很久　我仍未能说话
无法击断他的脚步
我无权这样　因为我自己
也曾这样责问自己
责问青春

这人走动着
从一天的结尾
走到下一天的开头
他的影子忠实地陪伴着他

在路灯下走动

走过去

又走过来

再走过去

而我在大楼中

在大楼的某个单元某个房间

在这房间的椅子上失眠

最后的结局将是这样：

路灯消失

他的影子消失

他那身沾满夜露的工装

迟缓地走过单位门房

1988.4

那年落下的叶

现在它回到了土的内部
它最苦的一层
怀着被风折弯的脉息
现在它回到了根的末梢
它出生的那个凌晨
那年落下的叶
背着最后的水分
现在它升到了树腰
它一生中的午夜时分
那年落下的叶
沿着不变的方向

现在它拐进一根最细的枝条
那年落下的叶
那最低的一片
在地面被踏为齑粉
而后自行缝合的一片
现在　它沉默着
现出多年前的原形
招展在树的顶端
那年落下的叶　坚持到今天
正是那最高最新的一片

那原来已经杳无声息的植物
正在岩石中生长　那动物的尾巴
掀起岩石上的波浪　顿挫在我们身下
无法触及的古代　已经如此生动

解开土地的脸　仅用那片光亮的铁
解开星球的阴谋
化石的活动多么明显
它就这样　最终来到你的面前

那两栖动物的头颅
已化成海中的群岛和礁石
它们将手足留在深山
其中的距离　供我深思
那看似不幸的果树　它到来过
她不会连足迹都带着离开

只要你坚持住亿万年
化石就不会再次出现
它们重新长出的血肉
让所有博物馆无声地哭泣

1989．11

海 盗

他们从掩体中跳出来
蔚蓝色的大海
变红
又变黑
他们跳回掩体中去
乌黑色的大海
变红
又变蓝

1990. 10

春 季

三个月的时间
不出名的花绕着姐姐
在陈旧的屋顶下
美丽的母亲说着土话

三个月的时间
弟弟的身体
由青转黄
病榻上倒塌的父亲
左手撑着骨架
右手指向窗外
喊一朵不动的云

三个月的时间
姐姐死去
母亲死去
不出名的花同时成名

我和弟弟回到屋里
四只手
它们抬不动年月般沉重的父亲

三个月时间

1990

倒　叙

邻家的妹子消失
一件暗器高悬
邻家的妹子消失

夜里的墙头洁白
十个指印很深
夜里的墙头洁白

后村人影飘浮
邻家的妹子出门
后村人影晃动

我在窗下想着心事
邻家生下一个妹子
我在窗下想着心事

玉石出现裂纹
有一个人
正轻声自语
玉石正在破裂

1990

荒　年

天上的苦水落向地面
落脚之处
是母亲为儿女种米的村庄

过去这种时候
一切很静
然后星座远远
听见茅屋中的哭声

月亮在屋脊上发紫
稗草站在田里
面对荒年它不再成长

七岁时我出门逃学
碰到父亲
他死在路边
又一层尘土过来
打乱他衣襟上的叹息

1990

船两只

1. 纵　深

就在此处扎寨　活动和休整
就在此处期待　掌中的红花
比信念凋落得要快　渴望爱情的人
在爱情之中　世界内部包孕了种子的火
我不能到达那里　我的影子到达那里
我在外面　徒然关心置身的空间
它们真实　坚硬　比我更要强大
呵　即使我死后
由死亡削成的箭
又怎么穿过你蒙面的鲁缟

2. 语　言

从图书深处听到的语言面含肃杀之气
美人由车上下来碰到迎面而来的干戈
语言就从干戈顶上滑落　滚到脚下已沾满烟尘
它走了五千年的路它从山顶到达山顶
语言消瘦之后　消化于美人胸中
灯火灭失的夜里　理智由图书中出现

美人从车上下来又登上车去
这时语言从后座悄悄站起　双手向前
接下来的结果
常常不为人知而又骇人听闻

3. 船两只

平坦的水不似昔日在风中它必须尖锐
突破风如同果实最终炸裂表皮
两只船依赖于水同时与水肉搏　船两只
离长草的岸遥远
离可供安家的树更远
一只船与另一只船同时亮出了锚
而水底的土地柔软
水底的土地不打算升高

1990

倾 听

倾听的双耳　被风扫开
倾听的双耳　你离我再近一些

王　我的话只向你一个人说
我们藏身在光明之中
我不在黑暗中向你诉说

别的人走开
我要的是王　佛或者菩萨
我接近的是他们的心脏

他们的血才能听到我的血
他们的手　才会得到我的手

其余的血流走　其余的手挪开
我要的是王　未婚的王
干净的耳鼓　被风缓缓吹开

1991．5

源　头

水从天上下来
从最高的山上
慢慢地下来

水从树上下来
从建筑的顶端
慢慢地下来

水从眼眶中下来
从不能坚持的心脏下来
慢慢地下来

从干燥的事物中下来
从潮湿的人体中下来
慢慢地下来

从理解中下来
从想象和破灭中下来
慢慢地下来

从皇帝的后院下来
从枫叶底部下来

慢慢地下来

从孩子的声音中下来
从女子的皮肤和动作中下来
慢慢地下来

慢慢地
水又从泥土中下来
水又从金子的虚假中下来

水又从水的产品中下来
水又从水的目的中下来

又从诗歌和音乐中下来
又从爱情与仇恨中下来

慢慢地
水从河道下到海里
水再从海里下来到海的脚底

慢慢地
水从船帆上下来　慢慢地
水从光线上下来　到黑暗里去

水还从焦灼上下来
水还从悲愤上下来

慢慢地下来

水慢慢地下来
水从来不急着离开
水慢慢下到每一个日子
又从日子之中下来
慢慢地下来

水从水中下来
再升到水里去
慢慢地
几乎不让任何人看见

1991.4

说给蝴蝶听

众鸟的妹子　飞行物的祖先
冬天已降临山巅　旋转的队伍
正向南飞行

你将何处安身　灯火何在
温馨的歌谣何在
你停留住抚爱的花朵何在

贫弱的孩子
深秋昆虫影子里最后一片小叶
你向谁索回
芬芳的家　有着五扇朝阳的门

漫长的队伍　有更漫长的飞行
向南的方向上
空着你的位置
蝴蝶
你这沉默者
临冬时生灵薄弱的祭品

请将脸庞紧贴文字和纸张
那里是　暗藏火焰的清白

1991.11

铲雪的人

他一直在铲雪　直到四月
从何时开始
对付天空
他用地上的反抗

用一根木柄
用坚硬的双掌
将木柄磨光
用一小片铁
装到木柄顶端
用铁和木头
将力量端起来　送出去

从何时开始　直到四月
铁锨已经变薄　变小
在黑暗的初春
它又尖又直的光芒
把高高在上的云层刺伤

一直在铲雪
从何时开始　直到四月
铁　木头和他　抱成一团

在沉默　无边的雪地上
撕开一条
成长着的裂纹

1991.12

候鸟群

紧贴田野移动的湖泊　　受伤者巨大的明镜　　候鸟群
天空中飘浮的集体　　灰尘中的亮点

寒冷之后的群星　　一只又一只鸟　　来自大地上
不同的方向　　一对又一对翅膀　　怀着天空下
采集的不同的力度

但都朝着一个地点　　一个岛屿　　在高大的浪头之间
离太阳更近的地方　　一片深深的森林

一座共同的家园　　寒冷年代中温暖的圆心
从各种向度飞临的点　　在那里凝聚　　结成整体

铁砂一样飞越铁砂　　暴风雨一样
经过暴风雨　　死亡一样横渡死亡　　候鸟群
属于前方的阴影　　跟随那阴影　　跟随

一双灿烂的眼睛　　在最黑的时候
最光明的眼睛　　那是王　　飞在最前沿的王
不在任何候鸟之上　　他飞得最低
他因此　　承受最大的重量　　他因此受伤

无声的队伍　长长的线条
大地上的动物　你们只知道他们纤弱　细小
你们在湖泊边　不懂得舍弃流水

而天空　从来就高　而候鸟　历来就高
除了终端的点　那座岛屿
还有什么力量　能使他们落上树枝　落向草地

战争中的野兽　在天空行走　受伤的英雄
飞行中流血的符号　一些种子　一些火星
一些呻吟

都发生在天上　天上的事件很少
任地上的事物聆听　任地上的事物目睹
天上的事件　永远只在天上进行

在雷霆的前方　烈火的底层
在想象力不可企及的坐标上
候鸟迅速聚拢　成群
在王的身后　在王的上方　集合　运气　启动

1992

理 解

我看见了音乐
没有人演奏什么
我看见了音乐
没有声音

我看见车里有两个人
没有任何颜色
像是未来的油画

我看见她和他静止
没有动作
像是从未中断的舞蹈

我看见天空一边倾斜一边暗淡
没有一个文字
像是伟大的诗歌

1992

黑暗的萨克管

一支萨克
在黑暗的时刻吹响

它的火焰
照亮乐手的五官

黑暗的分量
已将萨克压弯

银色的金属
在黑暗中也只能弯曲
音乐跟随音乐
在黑暗中显示出跨度

乐手在吹奏
黑暗中的乐手
与黑暗融为一体

乐手
正被萨克管渐渐吸收

1992.12

将钢筋向上传去

将钢筋向上传去
从一双手到另一双手
从低处　到高处
直到楼顶

创造中的大楼
离竣工尚很遥远　离永恒更加遥远
在大楼外围
为铁质脚手架所掩盖
工人的手和眼睛
暗中紧握着钢筋

从上到下
九个工人　头盔下九个凝固的面孔
为钢筋让出一条道路

每个人　双手伸下去
握到钢筋
抓住大楼的骨头
提升双手　使大楼的硬度升高
将双手举过头顶
使大楼的意志旋转着

完完全全进入苍穹

1992

从后面照过来的阳光

它使我困倦　放弃手中的工作
它把我领回诗歌之中

它抚摸我的背部　一阵又一阵
比海浪更汹涌　牵扯我的神经

它冶炼我　让我能够
在黑暗中维持　鲜红的色调
并且　在黑暗中高声说出
它的名字

它封住我的嘴唇
它使我不再动摇

从后面照过来的阳光
从我的背部开始
穿越骨架　穴位　最后
充满我的胸部和指尖

我就运用　这样的指尖写诗
那纸上的文字和色彩
就是它

路过人间的影子

1992

可能的猛虎

从未被人见过的虎
猛烈的虎　烈火在皮毛外围
比海涛更要触目　蔓延得更快捷

躲在深山肺部　一动一静
给山系以呼吸
动物界的隐士　在森林中沦陷

从未被人见过的虎
也从来不让人评论
不懂得诗歌的人
不知道隐士的英名

只有写诗的我知道
她在深山的明月下咆哮　哭泣
最后在海涛声中安然睡去

这时它与森林融为一体
是一堆模糊的落叶
蓬松　卷曲　温暖

等候烈日焚烧

1993

心　情

我怀念春天
是因为已经是秋天

由于眼下的秋天
不是真正的秋天

我怀念春天
我曾是春天的主角

由于像你一样
我拥有过一些自由

那些日子
时光　是一张可以敲打的纸

翻阅一本书
一个人的一生便了然于心

春天的事件令人难忘
我不是怀念

那些花朵和飞鸟

或者四周忽明忽暗的警告

告诉你吧　说给你听
我是怀念自己的鲜血

1993

有人在深冬看一本书

曾经的场景：大雪纷飞
有一个人　坐在院子里
面向推迟出生的梅花
看一本书

大雪纷飞的场景　雪花
在书页上停留
雪花没有融化　却变得
刀片一样坚硬
这个人看着书　文字
被割出鲜血

这个人看着书　不知疲倦
非得在冬天　非得在雪中
他的手掌和书皮粘在一起
甩不脱也撕不开
这本书是　院子里的一盆炭火
文字一行行烧着　书本冒出白烟
这个人却什么也没有看见

这个人是九三年的我！
坐在院子里　最后读到

自己被烧伤的手
含着雪水的灰烬
和
突然出生的梅花

1995

天　桥

城市改变着　在村庄的对岸
大片的田野在群山的俯视中
坚定地呼吸

一夜之间　天桥站起来
头发几乎顶到天空
仰望它　我并不觉得
自己渺小或者绝望

顺着天桥　我能更快地回到家里
走上坡的路　顺便远望乡村
炊烟带我回到童年

逆着天桥　我能走到机关
像一个标准的公务员　像身穿大衣的上司
读报　喝茶　想问题　写作公文
夹着皮包　骑着单车
顺着天桥的轨迹

在村庄对岸　天桥让城市
变成一座湖泊
我　和所有鱼一起

与桥墩擦身而过

这里　　只有三样东西
能挽救我的人生
一样是迅疾到达的警车
一样是不受天桥压迫的心灵
一样是越来越远的村庄

1999

雨　季

必然是下雨的早晨或者夜晚
泥浆像是四处飞溅的阳光
我的心在二十年前慢慢变得暖和
变得暧昧　如同三十一岁时
我们一起饮下的　两瓶烈酒

青春万岁　是的
青春　曾经每一天在地上开放
一列火车　总是在傍晚时分
从我们中间开过
为了不死　只有分开
那时的雨水
简直不像是从天上落下

漫长的雨水
就像时间　在身体内滴滴答答
我曾经看见的杀害钢铁的黑锈
正一步步走来
没有一种风能够阻挡或者将它
在远处刮走

让雨下下去

不要打断它纤细但是坚决的腿
让它的针尖刺向湖面并直达湖底
我将在那里长眠
一朵莲花面露星光摇晃着
它的心空空的
从古代到现在　到将来

2003

做一块石头

全部的学说
都不能真正懂得石头
一块石头是灰色的
他的袍子缺乏弹性
血肉藏在影子下方

没有人真正喜欢石头
他的角是尖锐的
让摸他的手出现创伤
他永远不说话

或者说　我们听不见他的声音
在大山的中心
也许石头一直在对这个世界发言
老虎从山上走过的时节
石头的愤怒　也许就冲上老虎的前额
形成一个"王"字

做一块石头
很多很多年　才能懂得成长
极端的耐心
一般的圣人　不可能做到

做一块石头是某种生活方式

敲打总会让神经弯曲

但石头会痛苦吗?

所有马上就会消失的声音

和沉默有所不同吗?

我的家就在石头的前面

我的桌子摆着　底下垫着的就是

一块石头　如果我炸开他

我发现的是一个奇迹:

石头的胸膛里　收留着一块墓碑

很古很古的文字里躲着一些名字

在这些名字中间

有一个好像是

三千年前的我

2005.7

一只豹子注视非洲大陆

乞力马扎罗坚硬的肩膀
被一只豹子抓出鲜血
豹子站到最高的山顶

一片大陆奔向它的眼球
一群兀鹰射中它的非洲
现在　这片大陆的造型
就像一张
刚刚开始膨胀的皮
它曾经是豹子最大的对手

豹子从来没有在这个高度
看一眼自己的家乡
从来没有在这个角度
看自己的两个孩子
出没在山腰的丛林
身上带着斑点成长

草原原来这样铺张!
河流原来这样愤怒!
黑色的土著人
原来如此需要靠近篝火!

豹子的心随着日出而温暖

豹子的牙齿开始松动

一只成年的　或者苍老的豹子

在一个错误的时间

来到正确的地点和高度

它的心里塞满了炸药

它看到羚羊们

快乐地驰向华美的水草

豹子低吼　豹子开始说话

豹子蹲下来　将自己的头

重重地放到前爪上

在这么高的山顶

它的爪子

突然变得软弱

抓不住一滴山的泪珠

豹子趴下　又缓缓站起

当太阳照遍非洲所有地点

豹子弓起有力的腰

朝着非洲俯冲而下

豹子的坟墓

在一片白雪之下

永远的宁静的白雪

在非洲 只有这里才能见到

2005．7

我的心是如此疯狂

季节炎热　时间再一次被点燃
在面前的纸上焚烧
我的心是如此疯狂
它要突出胸腔
它要说话　对着我经过的全部岁月

我的心是如此疯狂
常常有疼痛的悸动
我的心　今天就是一阵狂风
吹过所有我经历的事件

我所经历的人是如此之多
滋生出如此之多的爱
消解了如此之多的恨
我葬送的叹息是如此深厚
是没有顶点的黑暗
隔断海洋和另一个海洋

我的火焰不可能熄灭
除非我已经倒在某个冬天　我结了冰
却还活着　只是你摸不到
冰雪中我卑微的呼吸

依然纯洁　仍然持久
并且残留着十一月
万物凋谢后才有的芳香
我一直在行走　即使在走错的时候
也有正确的理由

这就是我的疯狂
在一个时间里拼命忘记
在一个时间里彻底想起
心　是铁石还是清水？
只是这两样　没有第三个词

2005．7

第十一楼

电梯来到了第十一楼
女人从电梯中出来
她的笑容从家里
一直带到这个楼层

她的裙子很短　头发很长
她的手很白　上装总是那么简洁
她站在电梯里　不说话也不移动
只关心速度和自己的心情
身体像是孩子画下的直线

她那幸福的面孔　能够看出
是一张伪装　就像化妆品盖着她的脸
没人能看出她真正的模样

她的声音会顺着电梯通道
从十一楼落下去
一声内敛的笑　或者是
一声惊叫被高度摔得粉碎

在男人们中间
她是一个堡垒　也许

第十一楼是个好的楼层
她就在这里度过虚无的时间

她是如此可爱
有时摸黑走走楼梯　从十一楼一直
走到一楼　阳光这时从外面涌进
她的眼眶　我发现
她的眼睛大到能装下一切
她的眼睛
是北风中最暖和的一双眼睛
竟然在十一楼这种地方！

2005．8

今夜，群星

我相信所有的星星
今夜　都来到了
我的屋顶

我相信它们都发着光
为了让我看见
它们明亮的脸孔
它们都发着光

它们把黑暗的一面
深深地隐藏在天空深处
那里　正惊涛拍岸

但是我的头顶
却排列着
仿佛持续了千万年的平静

我相信每一颗星星
都比地球大很多很多
但是它们
今夜都来到了我的露台

站在星空下方
我像一个奇怪的符号
一个大与小　多与少的暗喻
一道物理或者数学才能表达的
定律
而每一颗星星
都是一座题库

它们交织并且混合
形成一张光的大网
张开　　飘动
落在我的手心
让我　紧握
六月才有的疼痛

2008．6

咏 梅

被风的尖刀
被霜的利剑
刺成粉身碎骨
一粒一粒
收纳着芳香

一粒一粒
团结在小树的周围
围着它舞蹈　歌唱
从树枝上起跑
在树枝上停歇

它不长成大树
不要做成家具登堂入室
不要从冰雪里逃脱
它就在野外　就在风中
以站立的姿势
让万物懂得坚持　学习忍耐

只把目光献给天空
只朝向上的方向成长
比昨天更高　比雪更高

凝聚每个年度的全部热情
孤独地　火红地燃烧

与天上的太阳保持一个角度
却能收藏太阳消失的温暖
它所度过的夜
都是寒冷的　暗淡的
它细小的面孔
形成与太阳一样的光芒

这苍茫大地太需要
一把古老的烈火
于是它从地底出发
到各个黑暗的地点
用同一个名字点燃

这凌乱的年代太需要
它这沉默不屈的君子
于是它踏上枝头
代替所有的植物
在全球向冬天宣战

你可以获得它的名号
你可以拥有它的生平
只要付出牺牲　坚持希望
你甚至可以得到它的肯定

你只要消灭一切
只向这梅看齐

即使能够这样
你也会常常被它灼痛　被它烫伤

2009．1

五月艳阳下,蝴蝶

这粒蝴蝶一直在飞
它用身体向山坡运送波浪

这两只蝴蝶从来不曾牵手
也不用任何声音交流

它们招手　在树荫中翻滚
诗词般越过鼓一样的湖面

这些蝴蝶是细小的鱼类
在水面上升起的风筝

每个它们的影子　都是
一匹我献给你的丝绸

是花的姐妹　是一只船亮出白帆
在空中滑翔

现在谁都知道
在地球的对面
一只脆到一碰就裂的蝴蝶
在我心中掀起的风暴

在六月来临之前
我看着蝴蝶　目不转睛
一只　一对　一群
雪一样卷入火焰中的盛夏

2009．5

墙与窗

必须开窗

这些墙

春风和白雪

以及水珠

必须能够进来

又出去

四月花的香味

从根系直抵顶端

触及天花板

完全打开的窗

朝向每个欢笑或者

哭泣的日子

让身体内埋伏多年的长叹

埋伏多年的劳苦

顺着它转动

这是墙上的漩涡

从这里可以

直达星空

我选择此处

与月亮谈心

倾听夏夜的虫鸣

叫得触目惊心

关怀所有窗户后面
正一寸一寸长高的
孩子
关怀窗后的镜子里
一张张写满忧思的脸
关怀灯火
从窗户递出的秘密
最后
一缕炊烟
从窗户飘出
让所有神祇
闻到人间的芬芳

2017.7

升或者降

逍遥津动物园里的鹰

铁网　隔开了
满天风云
收缩的巨翅
成为一阵阵悸动
英雄的泪滴
遗落在　万里之外

断崖　断崖上抖动的枯草
绝壁　绝壁上倒挂的古松
礁石　礁石上不败的浪花
以同一种声音　哀悼
哀悼一种气息
一群欢呼　和
一千种自由的姿态

这里囚禁的是风
是惊雷
是一团
没有边界的灵魂

只有天空　只有航行中的
帆桅

才能理解　一个精灵
沉默的呐喊

然而　翅膀是锁不住的
翅膀与生命有着同样的年龄
它波浪般不息的影子
并没有停止　扇起
铁网外心灵的回声

1983

今生，或者是前世

1. 痛

我的痛隐藏很深
我的痛在我的核心部分
早晨你与我说话
你用一切注视我
但我的痛躲避了他人

只有鸟能随意飞翔
鸟和鸟　羽毛和羽毛
朋友　我想过我要做到

如今我想做的
是看到别人的痛　你与我说话时
你的痛

只有鸟能随意飞翔
上升或者降落
一只鸟感受到的疼痛
羽毛会让它消解
坠到我心头的火焰之中

直到最后
也不发出一丝声响

2. 前　世

那是何年何月
世间正造些什么物件
什么成分的人
是世上的王　天星高照
谁在路边买剑
谁扭住谁　到山坡上打仗

那局棋　最后的结局
曾写在庄子的尾部　高高的椿树
每到春末
就捧住花一样的香

石头的种子离开石头　撒到路边
石头的种子在石头中慢慢成泥
少女的泪水流下
贫穷的恋情越挣越长

出门的时候
我恍惚着在渡口站定
泥制的渡口
独木船拖到了江心

天上落下的东西　又升到天上去
一件一件　飞着毛一样的光芒
那是何年何月

3. 苦　难

周围都是景物　水牵着水声流走
我为你擦汗　你放下耕作的刀
想到屋里草铺的乌木床

正在升起的炊烟叫作狼烟
刚刚点燃的火就是烽火
一个国王看一个妃子的笑脸
他说亡国他也情愿

这不为人知的苦等　一次就是数年
归家的人啊
铠甲我为你粉碎
地里的粮食　已被野草啃光

带上你的刀　我领你去地里走走
趁月色尚浅
我曾夜夜在石墙上磨刀
它已经很小很薄

4. 天边外

天边外　蓝颜色的人走动
起伏的帽檐切割云朵
故事发生时有一种声响

我在世上除草
身边的树顶　遍布鸟巢

蓝颜色的人　语气留在空中
紫红色的星球紧紧相挨
平和的一片　永远的一片
天边外的人　歌唱和劳动

割倒的草慢慢死去
我的身后是金黄
我的眼前是翠绿

人们看着我
那么奇怪的眼睛　在天边外
闪出白光　他们蓝色的手里
一仓仓粮草饱满而又温情

累了我就休息　天边外的人
一定听见我喝凉水的响声

鸟从他们家里出来

抖抖身子　然后依旧消失

1990

感受伟人

1. 看不见的荷马

黑暗啊　你是否是从
爱琴海的水中升上来　你只围住我一个人　黑暗啊
你停下来　停下来陪伴我　让我只看见英雄　如果
我见到四周的人类
我的英雄们就会　沉沦为凡夫俗子

这是不是历史　希腊的历史　果真能在我的纸上
再现
纸　真的能够　作为战场　让大军厮杀　真的
能幻为水路　供兵船出征　那么为什么
政治害怕纸
满怀黑暗的荷马说　不幸的纸张　你尽可能少地
出现　毕竟　有时候　特别是最后
你不能做成一只木马　去打开城门

会有多少人阅读　将来的时代　在人类消亡之前
能有多少人研究我的笔记　英雄们　大神和人类
的儿子
你要站出来　为海伦的美说话　作证　战斗

英雄们　不管你们谁对谁错　但都要为了美
我知道美是些什么吗　我知道的美　凡我了解的美
我都要背着你们送给海伦　满怀黑暗的荷马说
我要为将来的天才们着想　我所了解的美
他们　也将了解

胜利与失败　都无关紧要　因为神在　所以
胜利只能归于神　英雄的儿子们呀　不论你们多么
有力　也要死去　或因离开大地而死　或因计谋
而死
或者被神射中脚踝　死于水边　只有
英雄的父亲们　那些神不死　因为他们
不在我的心中　也不在我的黑暗中

我也要死　唯有海伦的美不死　我要死去
由于我　把自己所认识的美都给了她　所以美正
是祸患
希腊被掠夺了美　美　在希腊成为过客和虚无
因而没有美　也是祸患
我该如何　完成这部大书　没有一样事业　是可以
最终完成的　在希腊城邦　在特洛伊　在东方
这都是一样
看不见的荷马说　让我死去吧　希腊已命令海伦
神　和他的儿子们动手
希腊已将我掏空　瓦解

2. 旅行者哥伦布

1492年　哥伦布　历史这么说
历史用四个数字对新大陆说　1492年　哥伦布
一个意大利人　几面国旗和几部宪法的祖先
带来了　一个船队　站在最前面的
是这大片土地的命名者　哥伦布
1492年　将印度板块　运到太平洋东岸
黄昏时刻　海鸥的叫声　指示了印第安人的青烟
哥伦布说　停下　或许我们穷尽海洋了
海洋　就像人类　总有它应有的尽头

看看这片土地　这片新鲜得能拧出露水的土地
1492年
哥伦布对同行者说　这才叫大陆　那些动物
比欧罗巴的人自由　这里的人类生活在梦乡深处
1492年　只有哥伦布一个人度过
全世界都在沉睡　人们醒来时　哥伦布说
旅行者哥伦布　已用危险的航程　换下这片沃野
那是1492年的故事　那只不过是
1492年的故事

哥伦布　骑在多桅船上旅行的人
他见到了1492年的中美洲　所以他活了下来
他还需要什么　他只要隐入　文字的大河

如果他愿意　他只要欠起身　看一眼新大陆就够了
感谢关心　富翁们说　黑人又说　感谢你
把稀有的自由　从南非洲　返还给我们
谢谢　哥伦布

1492年　什么样的天气　什么样的时刻　什么样的船
绝望到什么地步的哥伦布　看到了　加勒比海边的烟
继而看到　下面的金矿和淡水　土著和道路
想知道这些吗　历史说　孩子们　哥伦布不是
从教科书上　学到新大陆的　历史说　1492年
哥伦布旅行到终点了　他　什么书也没有带在身上　他
只带了四个数字　两只眼睛　和一点精神

3. 文森特·凡·高

必须要等待　等到命定的那一年　文森特　你才能看见
全世界的向日葵　地上生长的太阳　必须要走很长的弯路
文森特　平民的儿子　你才能打制弯刀　伐倒那些
向日葵　必须要等到那个时候　那一天
大雨淋漓的日子　那些土地上的太阳　才能
从你的笔尖升起　升起　瓦解上空的云

还有比贫穷更好的财富吗　文森特　街头饥饿的儿子
智慧和灵感　只有贫穷愿意提供　同样也没有
比沉默更好的欢呼了　只有真正的沉默　才能造就
美丽静止的死亡　为你取得名声　财富　和
永远活着的梦想　只有死亡　愿意流着汗水造就
这些

到你饥寒交迫的母亲家里去　到太阳下面去
它把光平分给每一个人　行走的人
包括你支在田野上的画架　握在手中的画笔
也包括　你从　人心中抽取的光芒　在你死后
这一切　都平分着天上的太阳

走得太快　这使你走得太远　文森特
如果你愿意　就放慢一些　或者在大师身后爬行
因为这样　你可以活着就听到掌声　如果你愿意
你可以向世人说
我是伟大的　并且将会不朽

你毕竟什么也不说　因为你想说的　后来的人都会说
除了死亡　除了突如其来　破门而入的死亡
还有什么　能把你的道路　指示给众人
文森特　众人前方最黑亮的弯刀

除了死亡　还有什么比你更快

4. 亚伯拉罕·林肯

现在我死了　我还活着　从我的家园开始
我像最普通的草　铺遍了　北美洲
我是亚伯拉罕·林肯　以木匠和律师的身份做过总统
在人类眼中　我是强大的　但是那一天
在剧院的前排
我没能斗过　一粒细小的铅弹
它的身后　拖着长长的幽蓝的烟

如果我不死　我不可能带动　那么多人的眼泪
我说　痛哭吧　公民们　可是我活着　面含微笑
有谁　会为活着的儿子痛哭　有谁
愿意横跨　一个又一个大洲　去寻找
正忙于生存的父亲

我必须死　因为我是亚伯拉罕·林肯
后来的林肯们　各个大洲与奴隶制肉搏的人们
也必须　来到平等　自由的面前
敬献血　骨殖　和生命
或者进入牢笼　行刑室　逼供与劝降
而他们　正如我一样　正是为了
赶在死亡之前　将奴隶

从坟墓里　解救出来

诗人啊　不要再为我歌唱　请保护好　你的歌喉
它应该献给活着　并且斗争的人群
虽然　死亡已经离他们不远　铅弹如电
正向他们逼近　可是　把歌喉中传出的颂词献给
他们
因为他们正活着　正斗争着　而我已经死去
我在丁香丛中　倾听着诗人　你草叶般健康的歌唱
但我不要你献给我

你已经献给我的　我已收下　我还要将这些声音
转赠给那些　北美与南非土地上劳动的人们
就是他们　曾被叫作奴隶　我要他们乌黑的脸庞
因为收到　来自你的诗歌
而闪射出紫丁香的光辉　我多想走到街上
去对他们说
一位诗人　比一个总统伟大得多

早年我从父亲手里接过斧头　我轻松地将圆木
一劈两半　我带着它　来到政治之中
在奴隶制前　我挥起它　从那时开始
我就知道了　它要送给我死亡
诗人啊　你该欢呼我的死　因为我
是同古老的奴隶制一起　在美国死去　诗人
那时我就看见　丁香已成紫色　暗含着

我和勇士们身上的血
它正要在地球表面　四方开放　如同无声的高呼

5. 梦游者但丁

为什么九岁时　我要遇见她　贝亚特丽齐
意大利土地上仅有的光焰
又为什么　九年之后　我再次遇见她　贝亚特丽齐　除了我
在那山路　还有谁　有幸注视到她的面庞　我用我的诗
记叙她　我要把对她的歌咏　记入《新生》
只有我们俩知道　拆开我们的是什么　黏合我们的又是什么　贝亚特丽齐
那些文字　是献给我们自己的挽歌

当爱情随海水退去　神他到来　神　向我索要什么
手中没有笔墨的神祇啊　借助我的笔　在纸张之上说话　不屑于向尘世的生灵说话的神啊
神　石头和树木的父　流放者的父　虚空中的道路
你要容忍　你要聆听地上的但丁

被政治鞭打着的人呀　地上的人　被仁慈消耗着的人啊
要制止你的愤怒　将鞭打者的生命
小心护送到地狱中央　被佛罗伦萨驱逐的人呀

地上的人　但丁　每一夜的梦中　你要梦见
佛罗伦萨　印在海面上的倒影
这是一种光荣　梦见另一种光荣　就在那儿
你见到了她　贝亚特丽齐　她就在前面呀
领受着你肉体中发挥的爱　地上的人
因此你要停止地上的愤怒呀　把你得到的宽容
扔回给教皇　扔给披大红长袍
在黑暗中嘟哝的老人

我请求把她刻入这个半岛　刻入不休止的时间
如果
时间也会休止　时间不会休止在贝亚特丽齐这个
名字上
让我对死去的她　说话　让我对升上去的她
说话　让我请求一次　贝亚特丽齐
引导我向上飞行　在与人世相反的方向上　去到
神的花园　我渴望它的一截桂枝　我渴望
在那里见到你　第三次见到你　如果死后
我们还要分手　就像生前　那请让我们在
神的注视中分手　让神的眼中　含有我的哭泣
贝亚特丽齐　母亲　情人　姐妹　朋友　贝亚特
丽齐
意大利土地上分散了的光　我生命中的一个核

温柔的攀援者呀　但丁　她就在前边
拿出你的文字呀　奉献给她　假如你地上的文字

不甚完美　她会把她心头的完美　给予你的文字
假如文字　假如你地上的歌谣太过短小　假如
尚不足以表达巨大的爱情　也请献给她的眼睛
她会用阅读　加强你的颂词　地上的人
温柔的攀援者呀　她就在前边　你走上前去　你
再也不必
再也不必　在时间中回来

6. 阳光下的哥白尼

要告诉孩子们　首先是波兰的孩子　然后
是所有孩子　要对他们说　太阳由光和火做成
而脚下的地球　是岩石　土壤　生物和水
温和的星球呀　它不能够　充当空间的中心
要对以往的经典说
看看太阳吧　它高高在上

他病着　倒在破旧的文化中　这太阳的追随者
现在　已被太阳的火焰烤透　他的朋友们
找不到　他脸上的血色　因为他的血　都已经
滴入枕头下的手稿　昨天已写完最后一行
他为什么还要活着　为什么　他不停止
围绕太阳飞转的思想　和声音

没有人能阻挡要说话的人　在转身离世之前
要把思想　镌刻在死亡入口的大门上　死亡对世

人敞开
教皇和公众　都不能绕过　那么阅读吧
一个名叫哥白尼的人的思想　在进门之前　停留一下
读一读太阳的面目　虽然每天　它就在头顶
可是有几个人　真正看见过其中的火种

那些千百年前列队进入死亡的人　那些人　盲目的祖先
地球的奴隶　哥白尼质问你们　哥白尼不要求回答
因为他知道　祖先最顽固　哥白尼　只要求
你们从死亡里出来　看一看子孙　刻在门上的预言
然后　摇一摇灰白的头　回到　死亡里去

朋友们来到床边　静候哥白尼离开　他躺着
躺在十五世纪　基督教脆弱的防线上
朋友们　跪下来　说　我们终于看见了
太阳的品质　尽管今天　太阳已在波兰上空消失
太阳照耀过　并且　明天还要再次照耀　哥白尼
朋友　只有你　最多地领受了太阳的恩典　又最多地
领受了太阳给予的　苦难　现在　这一切
都该结束了　就像结束一个　陈腐的时代

消失了的太阳下　孩子们正等着　不仅仅是波兰
的孩子们　哥白尼　朋友　孩子们要看你的文字

然后　他们的双眼　要找到宇宙真正的心脏
太阳　哥白尼　你就在那里　加入一个队列
那是在死亡袭击之前　就被真理销毁的队列

1991

学习，在人群中说话

现在开始学习
在人群中说话　在许多张嘴中
说出自己的声音

从生命的深处说起
在人群中　在他们肉体的土壤中
说出诗歌的嫩芽
接着说　诗歌的大树

在人群中间
把人群撇开　谁能做到
我能　我就是那个
当所有人失去声音时
用长句式呐喊的人

学习　训练　最后诉说
在纷飞的雪片中
说出语言的温暖　说出春天
已潜伏在沉默之中
说出一切　来自诗歌的支援

在人群中说话　说

谁也不能够阻止

声音的飞翔和上升

只有诉说才能

使人群散开

也只有诉说

才能将纷飞的大雪化解

还有什么

比在人群中诉说更好

还有什么

不能在不说话的人面前

——说出 ——说透

1992

9月12日的黑暗

9月12日夜　7点
电流突然摔倒
静静地摔倒

来自人类深处的
一只手
阻拦了电流的去路

昨天正是中秋
团聚的日子
在月光下分外残缺

9月12日夜　7点
一只手击倒电流
另一只手扶住蜡烛
披着泪水燃烧

人们在闲谈
一位乐手演奏
我在写诗

1992

在谷底

现在我要仰望　朝西仰望
才能看见　山坡上的死者
他们怀抱黏土和碎石
远离将泥土浸红的阳光

处在谷底　我能懂得
大水的降落　粉碎和整合
我有时很难　正常地呼吸
我仍在下降

我仍活着　沉思　徘徊
我处在一生中最低的地方
比白骨还低　比流水还低

1992

鸟:天黑以后

把鸟放到夜里
把月光　放到云层深处

把鸟的眼关闭
所有的鸟
把方向涂黑

把树淹没
把空气加浓

把声音调动起来
所有的
除了鸟的声音之外的
所有声音

把注意力引开
从鸟的翅膀和双脚上引开
把大地升起来
把大地升起来靠近鸟

把鸟洒到大地上
把草拔高

让鸟被忽略

那最大的鸟
把他放到坑里
让他的高度
与所有鸟平衡

再一次把树淹没
把夜晚
在弹弓上拉长

1992

从天上落下几片羽毛

从多大的高度开始　它们降落　从
几千里的通道　它们降落　从哪一只
英雄的飞禽上开始　它们降落

降落　缓缓地降落　因为它们
不再是铁　不再是钢　因为
从开始时刻开始　这已是几片羽毛
被风推动　横移　斜斜地
顺着夕阳的光线　落到我的面前

几片羽毛　不经过我的双手　却经过了
英雄的翅膀　经过风暴　也越渡过云层
现在　它们从我的指间　落到地面

那么慢　那么艰难　下降的过程难于攀登
这属于高空和速度的羽毛
那么平常　无声地来到杂草和野花中间

在杂草和野花中间　在大路的边沿
几片羽毛　刺痛过路人的双眼
就像一粒铅弹　深入飞禽的身体
穿过飞禽的身体　裹着天上的血离开

正是太阳沉落的时候　正是黄昏
也正是哀叫的事物哀叫的时刻
几片羽毛
躺在草丛之中　已不再移动
它们像我　一个过路的人
在天空下　为了天上的不幸停留

天上的不幸　来自地面　也将
结束于地面　我处于二者之间　经历了这一切
我怎么能够说　这个黄昏　什么也没有发生

1992

工 作

许多个早晨　怀着自己制造的
美好心情　我出门
有时也与妻子有一个认真的吻别
我想起儿子已经坐在课堂上
像他父亲的童年一样　装作认真的样子

我就觉得我要工作
因为否则我就无法支付他的学费
也不能购买妻子的欢笑

我上了车　是公交车
某些时候　我会给老人让座
那时候我是想起自己的父亲和母亲
如果还活在人世　他们来到这个城市
需要一个人站起来
表示人类与动物的差别
是懂得关怀

走进办公室的时候
我总是蜷缩在墙角
这是这个世界上的这个单位
专门给一个诗人安排的最好的位子

如果我忍不住　也会打个盹
我的脚放在桌上
那正是领导们脑袋的高度

我因此挨了批评　但没有扣发奖金
那区区一点钱　只是别人的零头
幸好　它们一分不少地进了我的衣袋
本来我回家的时候　丝毫不必担惊受怕
但是　它们却让我不能不考虑
如何不引起小偷的关注

没人知道我的工作是什么
连我自己也不知道
为什么需要我这么努力　才能把工作做得
像人们希望的那样好
也许是因为简单　才让我不屑
在很多的日子里　我忙完了一切
就在街头转悠　像一个失业者
或者我那条曾经被过路的车轧伤过一条腿的
可爱的小狗

六年　我在这个地方
吸烟和寒暄　吃全中国通吃的盒饭
每当我的儿子哭着跟我说
他不想上学的时候
我真想哭着对他说

孩子　我真不想工作
我不想在那肮脏阴暗的墙角
埋葬你父亲的一生

2004

空无一人的大街

空无一人的大街
出家人的心灵

空无一人的大街
自来水管中的水

我的家　空无一人的大街边上
顶楼的一点空间

我的家　空无一人的大街
我的脚步　走在四个季度的雨水中

空无一人的大街
没有云的天空

空无一人的大街
没有影像的胶片

我的孩子　空无一人的大街边上
一个背着书包的影子

我的道路　空无一人

空无一人的时间　特别是每天早晨

空无一人的大街
被掠夺过的田地
空无一人的大街
颗粒无收的秋天

我的父亲　他永远是那么沉默
他的脸　朝向城市的南边

他出生　他死去
丢下他的每一个孩子

空无一人的大街
挂在墙上的衣物

空无一人的大街
我收藏她的布鞋

母亲啊　我想念你
在所有没有你的日子

我想　这大街上
有一个孤儿　但是人们看不见

空无一人的大街　春天

花开得没有目的

空无一人的大街
灯亮得没有温度

空无一人的大街
我的妻子　跟着我

两边的门是关闭的　没有任何声音
只有我们俩
在空无一人的大街　度过一生

2004

读书者

思考是他的职业　什么也不做
除了在风中翻动书页
在字里游动的目光
正像是两支利剑

勇士的手中
空有一副上好的武器
纵然学贯古今
又能对这个世界　有什么贡献?

多少佳人才子　始终被
埋在泥中　踩在脚底
暗藏着　内心的波涛
不让名利的船
在水面上挣扎

于是到竹林之中
长啸　畅饮　弹琴　继续写
分行的　每一句都很短的文字
于是躺在青草之上
等着死神前来收拾
他的一腔壮志

无法回到这个人间!
无法回家!
无法面对着敌人献出笑容!
无法不高呼　不饮酒　不拨弦!
无法不紧抱翠竹!直到
美玉的颜色　深入到他的气节

在那些月黑风高的夜里
灯点在最黑暗的地方
那灯　是世上仅有的光明
那些字　从灯里一个个钻出来
像剑尖的寒气
罩住他的全身

如何才能从死亡中逃脱?
如何寻找自己心中永远的爱情?
如何自由地呼吸?
如何去打马进京?
如何对狗皇帝说　我爱这大好河山?
我真的很爱——这大好河山?!

祖传的武艺　在他手中葬送
曾以为　硝烟已散的年月
一支笔　足以教化人心
将宝剑挂在玉米旁边

秋天的风霜　慢慢染白
剑尾的头发　那些流苏
多少人开出天价

只是他不愿出卖
他最后一点宝贵的血
即使在衣不遮体的日子
即使皇历　被一页页残酷地揭下
他知道　年过半百
地狱就近在眼前

不要哭泣
纸上的天才！
不要屈服
纸上的良心！
无数次对着天空
这样说　不要惧怕黑暗
就算是在夜里
就算是所有人都在三闾大夫的叹息中睡死
你也要醒着
在汨罗江边
喝酒　狂奔　追神
哪怕那只是幻觉　只是饥饿

让我们回到读书　熟读全中国的历史
和某些个人的　团体的历史

如果我要让步
我的真理就会远去
而一旦它们远去
我就无法再次找回
这些总是杀死忠良的暗器

2004

没有的士

今天没有的士
没有路
也没有进出

今天没有上下车
没有跌落
没有手给的士付费

今天没有收入
没有钱
没有坐下或者起来

没有声音
今天没有尾气
没有红色
没有弯腰或者直起身来

今天没有超速
没有交警
没有出门或者回家

今天没有里程

没有劫匪
没有跟踪或者追逐

没有银行柜台
没有转动和前进
没有手势
没有争执
没有快和慢

今天是一片海洋
沉睡着不想醒来
没有波涛
没有底
今天像是人的内心
燃烧着
但是没有火与烟

今天没有"吱"的一声冲向耳膜
没有人倒下
没有绷带和石膏

今天没有死
今天却仍有一些孩子
在没有的士的时候

步行着来到人间

2005

邮　件

这些邮件一定要发出
地址栏之下一定要写上所有重要的名字
我的父亲母亲　我的兄弟　我朋友的父亲母亲
和他们的兄弟
还有我不愿活到今天
或者没法活到今天的同学

我要从我糟糕的日常生活中
选定可以让鬼魂高兴一次的事件
把它们压缩　打成一个扎实的包
比如不再每天酗酒　上班一边步行
一边还能吃着街景

这些邮件我要粘贴最好的内容
一抽屉孩子一样娇嫩的儿时照片
一本长着樱桃小口的诗句
多年荒唐但是刺激的恋情
一些只在他们世界流通的纸币
每一张的面值都能买通阎王

我要注册一个互联网上最最孤独的邮箱
用巫师的诅咒来阻止人们克隆

我要让他们住在同一个隐秘的村子里
为生前的错误争吵接着和解
每天都有几个影子飘在村口的风中
等着接收来自我的邮件

我还要给他们挑选一个彩色礼包
里面装着可以一饱眼福的零食
和全世界亲人的思念　装上真实的泪水
让他们为还活着的人失声痛哭

最后，我点击发送按钮
朝着我们完全未知的世界
朝着所有生命未来的方向　那座虚无的村庄

2005

与屈原所在之时代相同的愿望

我请求未来删除我的今天
我请求将未来早些发送到我的今天

我已经成为弱者　因为
我是诗　我是被侮辱与被损害的
力量的躯壳或者本身

我请求阳光粘贴进我的日常生活
我小时候见过的真正灿烂阳光
选定我作为它在人间的代言

那些高贵闪亮的心灵　并没有消失在
世象的污秽之中　是什么挡住了
它们和天堂中光明的链接？

我请求复制我的童年到现在
到我们儿子和女儿零点一平方米的课桌上
我请求把那些
最最可爱的名字
覆盖到所有卑鄙的名字之上

需要剪切最好的声音

来抵消金钱的疯狂叫嚣
需要把今天最最落魄的英雄
恢复到英雄的天坛上

刷新也在我的请求之列　因为
无法忍受的人们已经先后选择了死亡
我请求一笔来自上帝的风险投资
把这个世界全部送到纳斯达克上市

2005

水　神

所有洼地里住着水神
像这样妖娆的春天
它把自己摊开　尽可能摊开
将手伸进河汊
在她观音一样繁多的手指间
千万座村庄可以熟睡

所有河渠中行走着水神
像这样干枯的夏天
它把自己拧干　尽可能拧干
将血注入土地
在她观音一样稀少的慈悲下
千万座村庄可以熟睡

所有的云朵上端坐着水神
像这样丰盈的秋天
它把自己收拢　尽可能收拢
在她观音一样甘甜的果实中
千万座村庄可以熟睡

所有的雪花里开放着水神
像这样短促的冬日

她把自己简化　尽可能简化
在她观音一样纯洁的内心里
千万座村庄可以熟睡

2008

阳光下的睡眠

阳光是如此地拥抱着我
我多年前去世的两位母亲
又回到我的身边
阳光是如此地包围着我
母亲的手和脸就从其中伸来
它们不让我被这锐利的世界伤害

请让我在阳光中酣睡
请让我在深深地想念母亲之后
好好睡下　进到梦里
窗外的梅花就要开放
让我在她的芬芳中休息

这一年的最后一天
阳光就像是我们嬉戏过的温泉
阳光就像是我们采购过的白酒
阳光就像是我们把握过的时间
漫长　可靠　不会被云彩掩埋

请不要与我说话　请让我睡眠
这复杂的世界　只有用阳光来稀释
来清洁　请不要拿走我的太阳

请别打断　我来之不易的幸福

2010

读给谁听

我们走过广场

我们是预言

是恐龙和龙的预言

是尧和舜的预言

是李大钊向全世界发布的预言

我们年轻

我们是一群年轻的神

一群年轻的上帝

我们自信为刺破苍穹的珠峰

以春天和秋天的步伐

走——过——广——场

走过广场　走过

沉淀着鲜血和热泪的广场

走过起伏过呐喊起伏过火把游行

放牧着晨光和国歌的广场

走过在血水中盐水中浸泡过三次

在泪水中

冲洗了三次的广场

我们的节拍是黄海迎接风暴的节拍

我们的脚步是遥远的钟声

使每一个时刻　都在中国的前额

举起辉煌的发令枪

我们年轻啊

我们是成为人的神

我们是成为人的上帝

我们走出高耸的围墙

我们走过历史的广场

不要说

我们没有痛苦过

我们是

走下父辈前额的皱纹

不要说

我们没有失望过

我们把空虚的长叹

变成深埋的矿藏

深夜　我们苦读我们思考

我们为中国激动得无法睡去

每一张被书籍和真理照亮的脸

每一副被神鹰撕裂而又重新弥合的胸膛

都是一片处女地一片绿洲

等你开垦等你收获啊中国

等你种植多姿多彩的希望

我们没有幸运过　我们的民族

没有幸运过　苦难

无边无际纷纷扬扬的苦难

打磨着你铮铮作响的骨骼

我们骄傲

我们的身影与群山连在一起

我们无畏

我们的力量与大地连在一起

我们的歌声与被击碎的丧钟

和被敲响的晨钟连在一起

我们年轻啊　我们走过广场

我们横断山脉般

行进在古老的东方

我们走过广场

走出父亲臂上紫黑的弹孔

走出母亲眼中晶莹的忧伤

走出红袖章与黄军装的漫画集

走出被爱情遗忘的角落

走出不该发生的故事

走出那

被惰性和迷信蓄养的绝望

我们的名字传遍宇宙

把四月所有的恒星撞响

看着我们吧　我的民族

看着一群走过荆棘与铁障的海

看着我们吧　我的人民

看着一群踢开忏悔录和垃圾箱的台风

看着我们以热血沸腾的手蘸着汗水

擦洗你污蚀史书的耻辱

擦洗你广场上停泊的蔚蓝着的人群

看着我们把我们自己

把我们个人的苦难和委屈

轻轻地翻过　翻过

让你的旗帜飘扬成暖色的海面

为孩子们安上起飞的翅膀

看着我们

并且把你全部的不幸和骄傲

压在我们的双肩

让我们装订起来

留给广场留给这宽阔的国土

去布置一场永不落幕的画展

展览我们因苦难和追索而伟大了的形象

展览我们因呐喊和不屈而无法扭曲的形象

展览我们因为你——祖国

而重新成为后羿成为勇者的形象

就这样　我们走过广场

以韩非子和文天祥的形象

以祖冲之和谭嗣同

以涅槃中凤凰的形象

走过广场

以上帝和凡夫俗子

以祖国你的一代儿女以历史你的一代主人的形象

　　走——过——广——场

不要问我们来自哪里

不要问我们是谁

不要问

我们将抵达哪一座高地

对这个世界

我们曾一次次失恋

可我们的爱情　一直

随着它的呼吸前进

因为爱得太深　我们才恨

因为爱得太深　我们才敢于无畏地破坏和更无畏地创造

因为爱得太深　我们才撕毁荒唐的圣旨

才砸烂没有性别的偶像

才戳穿那开成丁香花的谎言

因为爱得太深　才有那样多的不满　抗争和怀疑

因为爱得太深　才有这样多的失眠　埋怨和叹息

因为爱得太深　我们才敢向这没有完全清除污染的空间

朗诵我们巨幅的爱情

因为爱得太深太深

我们才成为女儿和儿子

这样不满着走过广场

这样破坏着走过广场

这样创造着朗诵着走──过──广──场

因为爱得太深太深　我们才敢于代表一代人

在今天　在生命线上向你巨大的版图

剖开我们属于你的胸膛

我们走过广场

走过苦难　失败和欢呼

我的祖国　我的时代

我土地般古朴深挚的民族

请邀请历史　真理和信仰一起

检阅我们

检阅这群走出预言的年轻的神

走出神话的年轻的上帝

检阅我们扛着中国　背着中国

推着中国这只改革的船

走过广场

在无边的宇宙中再一次扬帆　远航

1984

到西部去

因而渴望到西部去
到那被绵羊胸脯焐热的地方
到新疆或者青海或者兰州的西侧
到大盆地洗个阳光浴
到大沙漠来次徒步探险
站在银川街头
让西部的风把书生气吹得一干二净
让西部人站成坎儿井
让我融成西部
那滴绿汪汪的相思泉

离开沧州　跟着自己的心到天山去
弹着六弦唱着《阳关三叠》
做着美梦
到西部去雄姿英发
到西部去斗酒诗百篇
每月给妈妈寄很多葡萄干很多安慰的风景
每月给你这位含羞草寄很多巧妙的信
和动人的马车夫之歌
鼓动你
永不罢休地鼓动你
到西部去

到西部去拥吻然后成家立业
筑造新的西部风景

我是中国的凡·高
是不枯的向日葵
我喜欢太阳
喜欢太阳般分娩太阳的西部　战斗
西部是流汗的好地方
西部是喝酒的好地方
西部是交朋友甩开膀子竞争
把每个日子
过成吃不完的哈密瓜的好地方
西部精神
能使我不断拔节
长向三山两盆和上空的天街
甚至可以摘下但丁那幸福者的玫瑰
柔情地佩戴在鸣沙山的胸上
嘿　到西部去
那里的诗行从油层中涌出来
那里的友谊从雪莲上开过来
那里的牧场会跑来一群爱人
西部爱人就是浓缩的不可思议的火焰山
在小寒大寒大雪小雪的节气里
每次爱抚都叫人发烫发痴

到西部去

即使在雪线上摔碎了心脏
也是摔在雄浑的西部文学中
朋友　和我一起
到西部去

1985

献头者

他的双手平伸　他放下了生存
他的头被高高举起　高过所有旗帜

他举起他的头　他走去　是继续向前走
他的头在他巨大的手上　他走去
是继续向刀和剑走去

即便是失去肩膀
他的头依然高昂

有谁知道　他的头正与天空对话
因为未来在天堂之中
有谁知道　他的头凝视着敌人
因为刀光在眼神之中

他不能交出他的身躯　土地要他这样
为洞穿的旗帜保存旗杆
他只能交出头颅　高悬国门
加大生命的高度

他用双手捧着头颅　他走到前面去
他交出头颅　这样才能留下欢呼

他用这最高的部分　最清醒的部分
去和最后的结果交换

1990

勇 士

勇士只选择死　或者
与死相关的行动　勇士
在战火中奔跃　是整场战争的
心脏　在关键时刻起搏
勇士只注视死亡　将死亡时的姿势
留在地上和天上
保持到将来

一个勇士属于一面旗帜　旗帜
围绕刀尖转动　这使万物看到
勇士走过的路唯有鲜血可以丈量
死在对头的枪眼之下
倒下的勇士　给后退的潮水断流

勇士活着就是出发
死后才会返回

1991

有时我爱听你谈起西藏

是多好的时光　当我
听你谈起西藏
我就爱听你谈起西藏

是多好的地方　当我
看见你语言中的一千座雪山
当我看见你用词汇铺出的草原

多么好的故事　当一个不爱
谈话的人说起西藏　当他
向不喜欢倾听的人谈起西藏

多么好的场景　当我累倒在床
闭上双眼　在狭窄的山沟里
看见西藏就坐在我的家里

1995

我的大学

我的大学
是1982年那张从天而降的信封
我的大学
是1986年那场难分难舍的倾诉

我的大学
是赭山脚边高高的塔松
为我遮挡四面八方的风雨
我的大学
是镜湖湖心亭亭玉立的荷花
让你浸透永不消逝的芬芳
是成排成排的梧桐树　没完没了的围墙
是缓缓流向山顶的小路
尘土飞扬的东操场
我的大学
是深不可测的女生楼
和女生楼下　欲言又止的慌张

我的大学
是楼梯口一碗喷香的面条
是校门前一排严寒的瓜子摊

是一场叫作"告别"的话剧
我的大学
是无数写诗的青年　考研的学子
是李白身边模糊的合影
和妈妈细心缝制的粗布衣裳

一号楼上面红耳赤的争论
小礼堂里此起彼伏的合唱
每天三次的校园广播
不知天高地厚的美学演讲
我的大学
是指点江山的少年意气
也是每月一次的珍稀粮饷
是文学讲座的手写海报
更是唐诗宋词不朽的篇章

教室里彻夜不灭的灯火
为我们合成成长所需的蛋白
图书馆中无穷无尽的书架
指示我们一生该走的方向
还有青青的草地　就像母亲含泪的怀抱
还有蓝蓝的墨水　洋溢着师大才有的墨香

我的大学
是中文系先生们　鬓角的第一千根白发
那是春蚕献出的银丝

一缕一缕　编织我们缜密的思想

我的大学

是中学讲坛上　同学的第一万次板书

那是正在发光的蜡烛

将自己燃成灰烬　去将孩子们的人生照亮

如果　你想哭泣

请到我的大学哭泣

她将分担你的所有悲伤

如果　你要欢笑

请到我的大学欢笑

她会和你一起把成功分享

如果　你要远行

请把我的大学　折成花朵的形状

捧进背包

请你把她带到北京　深圳　河南　新疆

请你把她带给世界

带到所有被汉语编织的地方

2006

与新疆相关的三首诗

1. 从此刻开始发光

这由蚕丝织成的大地
正在打开花朵的大门
阳光
送来天堂的温度
一点一点
注入我的血液

从现在开始
我回到仙境
离人间很远
离马群很近
与草木相依
和流水交谈
并且把我的心
旋转成伟大的容器
让它盛满
冬天的白雪和春天的翠绿

所有的旅人

让我看见你的美

从此刻开始发光

如同繁星之上

那最亮的太阳

让我守着你们

穿过暗夜

直到天亮

2. 向阿勒泰

我一直在奔向西部

就像朝北方流去的河流

我决不留恋大海

我的坐标

亿万年前

已被镌刻在宽阔的阿勒泰

我一直在走近白云

从四岁直到今天

当真正的

难以言喻的蓝天

飘过

我灰暗的生活

当群山无声

草原沉睡

羊群移动乳白的灯盏

当雪线张开臂膀
森林抬起头颅
朋友
请与我一道
将自己从城市连根拔起
然后
轻轻地落到这里

3. 我爱这人间烟火

我爱这人间烟火
爱这如画的风景
自由的鹰
爱大山
横亘在你我之间
我爱羊和马的双眼
纯静地朝向青草
我爱道路伸展四肢
让所有人在这里相逢

我爱这种相逢
在山脚问候陌生的脸孔
在山腰围住火堆饮酒
我爱琴声召唤出少女
用舞蹈跳进深不可测的爱情
我爱高声歌唱

只为赞美石头和清水

赞美生命

能与美丽成为一体

我爱这人间烟火

爱这劳动的白昼

爱落向大地的

被鲜花捧住的汗水

我爱这宁静的夜

爱星星用它光芒的针尖

将相爱的人缝在一起

我爱朋友

随着白雪飘进木屋

追着春风跑向平原

我爱朋友的脸

永远写满亲密的祝福

我爱这人间烟火

爱一日三餐中

慢慢咀嚼的幸福

爱岁月滑过指尖

年轮刻进树干

爱婴儿和老人

夕阳与迷雾

爱所有青春融入暮色

全部辉煌归于土地

爱一切
爱这烟火人间

2013

西藏组诗

1. 在林芝的两个白天和三个夜晚

以最快的速度离开四川
如同萨格尔王射出的响箭
洞穿万里长风
直达林芝

我在这小小的翡翠之上
停留了两个白天
和三个夜晚
我是白天青冈树下的松茸
倾听鹰的双翅切断云中的雨线
一条彩虹
集合了七种颜色
把地上的经幡
长长地挂到天上
我知道那是
离神最近的地方

我停在林芝
停在神的右边

那头黑色的　正午时分在尼洋河中
沐浴清水的牦牛
就是我停在林芝的倒影

两个白天和三个夜晚
这么多松树
这么多柳叶
这么多正要开放的花朵淹没了山谷
这么多雅鲁藏布江水从高原纵身一跃
这么多新鲜的　不老的蓝
平铺到视野之外
这么多厚厚的宁静
从群山脚底涌向山巅

让我在这个地点清洗自己
在神的面前
让林芝用两天的清风
将我的灵魂吹拂干净
让林芝三个晚上的月牙
漂洗每一个
已经过去的日子
让它们　成为月亮的反光
我们把多年以来
最好的两个白天
和三个夜晚
留在了林芝

2. 西藏,一定有个巨大的秘密

我觉得全球的石头
都堆积到这里
大地上一半河流
都从这里出发
高山环列
全都高举雪白的火炬
我觉得无法穷尽的石头的波涛
正在垒砌
通向天堂的台阶

我觉得西藏
一定有个巨大的秘密

在泥沙与碎石造出的房子下
在云杉冷杉钉成的墙壁后面
在寺院金顶橙黄而稳定的反光中
在向东飞奔的急流的缝隙里
在一朵鹅黄的格桑花上

我觉得西藏
一定有个巨大的秘密

无数的脚印涌向布达拉

一代又一代

匍匐在地的躯体

全都指向一个方向

每一阵风吹向这里

每一片雪在这里冻成雪花

每一棵树死在这里

又再一次长出绿枝

湖泊没有边际也同样没有湖底

每一条鱼都无法知道

要多少岁月才能游到大海

我觉得西藏

一定有个巨大的秘密

在那弯曲的道路中间

正行走着我的兄弟

没有谁知道他为什么走到这里

是什么样的力量让他翻越千山

在那广阔的草原上

我的姐妹开成花海

没有谁懂得她们在用花香

歌颂哪些生命和风景

在那沉重的山脉下面

我的祖辈层层叠叠

我无法了解

他们怎样变成了高原的根基

我觉得西藏
一定有个巨大的秘密

只有在这里
天空才显示真正的蔚蓝
只有在这里
云朵才暴露完全的圣洁
只有在这里
群山才展现彻底的崇高
只有在这里
鹰才能用它的翅膀
向天堂运送世间的消息

我觉得西藏
一定有个巨大的秘密

3. 米拉山口的一只鹰

两把刀子
是你的双翅
切开风
切开气流
将对高度的恐惧
一点点切碎

你飞翔

在所有人面前

两支剑

是你的双爪

撕破夜幕

撕破对地面的迷恋

把峭壁上温暖的巢

挑落

你在飞

在天堂的门边

只有你

能听到神的声音

只有你

能引导所有飞禽

你飞翔

穿越烈火般的疾风暴雨

你在飞

在这个星球的正上方

一把匕首

是你的头

刺穿跌落的咒语

刺穿生与死的屏障

把黑暗组成的封锁

旋转着扎出光明

你的羽毛

是粗糙坚硬的铠甲

是战袍

是帝王的疼痛和庄严

是不朽的力量

宁愿在太阳中焚烧

也决不在沼泽中沉没

你在飞

你摒弃人类所有语言

在米拉山口的天空中

你只用自己的　鹰的文字

书写最高的飞翔

4. 关于西藏

关于西藏

我只知道它很高大

因此它很庄严

它很神秘

裹着千年白雪的面纱

有树在生长

有河流在奔跑

有鸟擦过云的嘴唇

有风

将石头吹飞

关于西藏

我只知道它存在

存在于无数人的梦中

所有海洋围绕着它

所有星辰照耀着它

所有的生命

匍匐在它的脚下

我只知道

它连接着天空与大地

连接着云彩和鲜花

关于西藏

我只能说

它是一部天书

由尖锐的风

在内页刻满摹写沧桑的字符

藏民和喇嘛

牧童与少女

还有雪线上方慢慢吃草的牦牛

还有峡谷水底飞快游走的鱼群

还有空气中四散的芬芳

还有青稞酿成的酒

还有姑娘长成的花
都是其中的章句

关于西藏
我告诉你的只有:
生于此　值得
死于此　值得

5. 戴帽子的拉萨

站在星球最高的地方
手捧世间最洁净的水
和最白的丝绸
我们的拉萨

它戴着帽子
拉萨的每一个头颅
都戴一顶帽子
四面八方的风和雨
以及雪
在帽子面前
屈服

百年前闯入江孜的英军
半个世纪前出逃的权贵
饱含紫外线的烈日

比海沟更低的温度
以及五千万年的时间
在帽子面前
屈服

我戴着帽子
我
和我成千上万的朋友
都戴着帽子
我戴的是老鹰的羽毛
我的妻子和她的朋友们
戴的是冈底斯山
腰间的云朵

我爱拉萨帽子下
涂满阳光的脸庞
我爱那些金色屋顶
那是大昭寺的帽子
布达拉和扎什伦布的帽子
我爱帽子下所有
珠穆朗玛般平静的双眼
那是亿万年前
停在拉萨的大海的样子

我爱每一顶住在拉萨的帽子
和全部经过八廓街与罗布林卡的帽子

戴帽子的拉萨
与不戴帽子的神仙
一样深沉
同样庄严

放声歌唱吧
帽子下的奴隶
已经成为主人
跳动锅庄吧
帽子下的拉萨
因为帽子
变得更加高大

2016

我的母语

无论我走到哪里　我必须说着自己的语言
用自己的笔　写在自己的纸张之上
不论它传播到　世界的哪个角落
高山之巅或者草原深处　我必须用自己的语言

我出门　唱着自己的歌　愉快地
与每一个路过的人对话　问候他的孩子和家里的老人
我给远方的朋友写信　中国的或者外国的
我要用自己的语言　汉语　正方形的文字
如果你不懂　你可以用你的方法
将我的语言翻译成　你能读懂的语言

这是我的母语　我在母亲的腹中　就开始倾听的
我的祖国的语言　它是我的头发　我的皮肤
我的手和胸腔　是我的心脏
是我爱人的笑容　我孩子的指尖
是祖先留下的　不会湮灭的遗产

我要用我的语言欢呼或者朗读
第一次喊出妈妈　我用这种语言
第一次寻求爱情　我用这种语言

我在讲台上讲课　用这种语言

即使是梦呓　我也是用这种语言

在桌上写下遗书　我也会用这种语言

我必须用自己的母语

才能生活得是自己而不是别人

我必须用自己的母语

才能无所畏惧地走在　世界所有的道路上

也许我长得并不高大　可是我的语言

不比任何一种语言渺小

从我诚实的　显得宽厚的嘴唇中吐出的每一个音节

都来自母亲的脐带和父亲的血液

它是我的 DNA　是我的蛋白质　是我骨头中的钙

永远不会　我永远不会为了讨好你　或者表示我能

就用别的语言写作或者歌唱

我不会向别的语言低下自己的头颅　我决不

再一次被奴役

你听到的江河奔流的声音　你听到的松林咆哮的声音

还有大雁翅膀随风起伏的声音

还有幸福的泪水从脸上滴落的声音

闪电的声音　下雪的声音　阳光擦拭田野和城市的声音

只要是在中国的土地上升起的声音

都是我的语言　我的母语

不论你是否愿意　是否习惯
我和我的每一个同胞　都要用自己的语言　用汉语
大声朝世界说话　高声对世界歌唱

请让我　用自己的语言
说自己的故事　写自己的史诗

2018

当年的自语

我坐在门前

我坐在门前
死一样坐在门前
看着钟摆在屋檐下磨蹭
磨去三月和九月
以及古寺发裂的钟声
磨去路
和路上惊慌匆忙的脚印
看着妈妈把一件接一件补丁缀成的衣服
晾向冷淡的阳光
看着一根黑得可耻的烟锅
在老人的唇前燃烧自得
而他的孙儿们
始终朝一堆废纸发笑
小虎牙闪出古瓷般的光

我死一样坐在门前
每天的风要么迟到　要么早退
昼与夜　像一根橡皮筋时短时长
我坐在门前
任凭檐下的雨声
带走我头发上富裕的颜色
从七月到九月

看着梧桐的皮　　层层剥落

与白雪一起把我掩盖

他们议论纷纷　　一边活着一边鼓掌

我坐在门前　　我一定

已经死了

我死一样坐在门前

抵抗着红豆在皮肤下发芽

但我的泪终于流出眼眶

流遍岁月与家庭

我重新思念人的行列

妈妈这时将门打开

招呼妹妹为我扫去落叶

我站起来

向前来祝福的人致谢

我说这场病算不了什么

我还没长胡须呢

我没长胡须时很像我健康的妹妹

整天到晚忙着生活的妹妹

从来　　她都没有坐在门前

1985

行　为

把书和书和书和书
统统翻开
让里面的虫子们放放风
让文字向罗马旅行
让门生气

世界是一条迷你裙

挥挥白色旗帜说说笑话
在石头下做完那场春梦
用泥土洗净一头乌发
右手伸向果皮箱

把一位又一位少女
打扮妥当
领着她们　穿过海水
到锚链上去生活

1985

不知道什么是等待

想知道等待是什么颜色什么滋味吗
请跟我来
到窗外看天色越铺越暗
暗到连你也即将消失
这时零零落落的大雁为不再零落飞向南方
数着钟摆的玉米粒翻来覆去
听一串又一串雨声打湿心事
看一个人走过之后再看下一个人走过
渡船第 N 次划向对岸
又 N+1 次空着肚皮划回
或许你还能笑或许已不知什么是笑
两根青藤蹭破窗玻璃
爬向你的眼角
没有谁怀疑你在椅子上静止了
老鼠们小鼠们开始欢呼燕子们开始筑巢
流言们趁着黄昏穿上风衣在你门前四处游走
没有谁怀疑你是
一尊放在沙发上的盆景
想嚼嚼失望是什么颜色什么滋味吗
请跟我来　到无法回避的岁月里来
请跟我到那些

不知道什么是等待的岁月里来

1985

我面朝世界

站在雪人边看了很久
没看见雪
把手伸出去
她忽然消失
在森林中迷了半生的路
没有一棵树
脱光衣服扑向海水
溅起的是岩石和岩石
在人群中转过很多圈
发现自己同别人一样
正在奔跑
头顶升起太阳
扫帚星依然光明
把伞撑开
雨却起了火
找出防弹背心
战争已经结束
把心献出去　大地！
已经没有了心

1985

对　应

我在想我不像这只小虫子
不像这只死去的小虫子
又能像什么
虫子不能告诉我
虫子的虫子不能告诉我
它们就这么飞翔着
边翩跹边歌唱
很生动地经过人间
在雪天里还这么令人震动
这么不堪一击
轻轻一按就无法支持的
不堪一击
就已经是很美好的遭遇了
毕竟它没有受苦
死后也不会留下遗臭
我不像这只虫子又像什么
我不喜欢这只虫子又喜欢什么
天空啊
天空正在下那很远很远的雪

1985

蜗居在城市一角

这一个终于走了
这地方又干净了一点
他的皮鞋向所有人说罢再见
临别那个回头真正意味深长
可我讨厌他再来
来和不来与我有什么关系
尽管我终日感到难过
终日在等待那
不是幸运总是厄运的到来
太阳升起时冲破了大海
太阳落下时砸破了大海
而我起床上床
却什么也没有冲破砸破
早晨,似乎永远那么青春
诗人偶尔真正想动手开一次门
啊,蜗居
蜗居的台阶上摆满了去年的叶子
去年的叶子早已等在台阶
快发动你的皮鞋
咔咔咔咔咔

走遍长满钢铁的世界

1986

日子普普通通

其实每天都是一个普普通通的日子
像我上下班的时间
引不起人们深深的思想
日子像一件廉价的上衣
没被妻子穿破就被甩在一边
可是
有多少人在这时冒冒失失诞生
在侥幸或者不幸中首次啼哭
有多少政权在旗帜下旗帜般发抖
在准星上左右摇晃
多少人站在门环下面
却没有足够的感情闯进温暖的屋子
又有多少人终于能倒在情人怀里
一点点在下下个日子简化
简化成几根普通的白骨

我在普普通通的日子为什么不能普通
为什么不发扬我们的忍耐传统
为什么因自己而羞愧而难过
而想站在历史上

放——声——大——哭

1986

可惜了一个朋友

朋友他是世上最出名的摩托车
可是有了女友骑到上面
车就旧了　表皮纷纷脱落
在路上呼呼哧哧玩命
跑腿是唯一的差事
新婚之夜也带上了狂奔的惯性
这真让我们想哭鼻子
生日再也找不到他了
郊外的野草也听不见他的风琴了
现在不知
他带着女友跑在哪条道上
反正总在道路的右边

如果有朝一日控制失灵
左边的新摩托们终会让他
四脚朝天　再也不用呼哧呼哧
到处寻求爱情之花
相信那以后他会想起我们这些
穷朋友的生日
整天在我们待过的郊外拉琴

拉野草听了忍不住暗暗叫好的风琴

1986

中国节奏

我不想再站在词典里

背靠词条听着阳光

埋怨早晨中午或者傍晚

每一个经过中国的背影

都那么迟缓

他们都代表着中国

他们曾经那么孔武刚健

一直跑在地球的前端

最先找到印刷术和词典的纸张

最先在海图上校正人类的走向

可在我祖父的祖父出生之前

机床就开始慢慢地转动

它无法转出帝国主义大炮的射程

直到今天飞机还难免在机场晚点

候机楼中的人群渐渐等白了胡须

接着白去的是头发和希望

许多计划和美梦被等待拖延

许多有情人只好不成眷属

而同我一起在这为速度而近视

历史是一次漫长的马拉松

只要中国还活着还在呼吸

只要中国人还怀揣快跑快飞的梦想

就要按我们中国人的愿望去创造
创造 N 倍于现在的
中国节奏

1986

小　诗

我这样躺着写诗
写欢乐的声音
简直像轮椅上的人
可房子里没有桌子
白天的工作已经把我的身体压软
软了的身体渴望床铺
我不能不这么躺着
写让别人欢乐的诗句
点一支蜡烛在床头的窗台
她此刻默不作声地流泪
像读懂了我诗句的女孩

1986

中　秋

明月总是选择美好的日子出现
并在天庭安闲地踱步
用白花花的感情冲洗地球
那些被太阳炙烤过的
曾经热血沸腾的身体
都被她柔软的目光冷却
最终成为梦想的河床
她用她用之不竭的无形之水
用她无处不在的洁白唇吻
劝我们相爱
相爱之后用时间粉刷自己的头发
然后随便用一个光束
把我们引向随便哪一片墓地
明月总是选择美好的日子出现
几千年来都为中秋悬一盏冰灯
她用她渐缺渐圆的笑容
把生活弄得渐圆渐缺
这束追光她总是追着地球
而我们
又总是追着这束追光

1986

冬 天

我在街上遇见一个男人

他站在每棵街树的后面

用白森森的眼睛觊觎我

他的眼神没有温度

他的目的没有外套

他简直就是那些街树

布满我要经过的全部路途

像男人那样强壮

不时向你龇牙咧嘴

还挥舞那挂满屋檐的拳头

似乎要砸碎所有英雄

也许只有真正的汉子　才能

与他对垒

在枯萎的花园中决斗

然后两人摸摸彼此的伤口

回到各自的终点上痛苦并且大笑

冬天就是这么一个男人

他站在每个年岁的后面

用那没有温度的眼神挑衅我

他用他那没有装饰的

赤裸裸的目的

逼他的对手成为冷酷的

打猎的角色

1986

背向十月的阳光

那天我在那儿休息
是什么从背后
深深地摸了我们一把
回过头却什么也没有看见
一年后的今天我还觉得这么酥软
整个身子都在爱情中飘浮
那妙不可言的什么
不露痕迹地留下了痕迹
在我的背上
撕也撕不下来
不过谁撕谁就是我的敌人
我一定要同他血战到底
战完之后我们再在那儿休息
那东西一定会再来
深深地摸我一把
这一摸把我们摸到了一起

1986

我是个穷光蛋

在海上
面对这有钱的海洋
我是个穷光蛋
比我的戈壁还要穷困
海拥有许多银色的硬币
因此能轻而易举地引来
成群的河流
而我什么都没有过
可能将来还是什么都没有
比我的故土还要艰难
没有阴谋算计我
目光却总想从毛孔中找到
能使它热烈起来的储蓄
我是个穷光蛋
穷得不折不扣
穷得有声有色
皮肤破了也打不了补丁
所以连医院也是多余的
天哪　我这样的人
竟然是个穷光蛋

1986

菊 展

我到这个城市时
这个城市无比友好地伸出手
双手沾满花草
它以为我是蜜蜂
会激动地嘤嘤大叫
我默默无言
像偷偷溜过世界的雨
我无法出声
这个城市在我告别时
又伸出手
也同样沾满花草
它以为我采足了花粉
要到自己的贫民窟中酿造
上船后我被迫回头看了一眼
这一眼使我下定决心
把这座城市的花朵忘掉

1986

今天有你需要的一切

今天有你向我要求的一切
伸手就有玫瑰
抬头就是艳阳
蓝天简直不像蓝天
这个冬日如此暖和
今天有你向我要的一切
绿荫也罢　钻石也好
还有帆船顶端的云　还有木头的香
只要你从住处
推开门来
看看远天
今天就有你向我要的一切

1986

北京时间七点

巨大的城市与腕表呼应
北京时间七点
在数字上旋动
门　都开向半浊的风
几盏灯仍然醉醉地亮着
一条饿狗终于没被人类揍死
肯定是沿街搜寻着什么符号
我走在它的后面
把狗搜寻过的地方再搜索一遍
一根树枝从空中落下
饿狗果断地长叫一声
我知道是北京时间七点了
我得赶快

1986

无 题

后山的水从下向上流去
据说几千年前的人又出现了
又在密密的树冠中坐着唱歌
面对痛苦我还能说出什么?
后山的树向地下长去
据说几千年前的人又出现了
一直在紧张的草根下等着出门
面对痛苦我还能说些什么?
后山的挑战者向遥远的地点飞去
据说几千年前的人又出现了
又在哗哗的鱼族中编着著作
面对痛苦我能说些什么?
面对痛苦
别人至少能说句难过

1986

关于母亲的河流

我不断要自己说

我航行在母亲的河流上

栏杆在拐弯处拐弯

手扶这生与死的白色界限

我不断要自己说　我航行在母亲的河流上

船尾翻腾不已的鸥鸟

天边喧嚣不停的黑暗

以及我身体上的每一缕肌腱

每一道我妻子织成的深色花纹

都航行在母亲的河流上

阳光照常为白昼值日

江水又显出苍老的浊黄

岸边的高楼中畏缩着茅棚

渔船顶端　破布旗帜般骄傲

我不断要自己说

说我航行在母亲的河流上

尽管暴雨的长鞭抽击着父亲们的脊背

尽管远离河床的江水侵蚀兄妹们的爱情

尽管它以柔软的手掌窒息了无数秋天的呼吸

我听着东方的广播我看着晚云的脸色

不断要自己说　我航行在

无比亲切　无比强大的

母亲的河流上

1986

我将一切放在桌上

预言在云中隐隐响着

我拔下死了多年的插销

我把灯光捻得最亮

我泡好了香茶

我把墙角的蛛网捣碎

把红蜘蛛赶往他乡

用残酒擦拭桌子

我不让空气染上一丝灰尘

我熄掉亮了半生的烟头

我把妻子的头发整理得恰到好处

我让壁炉的火焰蹿出壁炉

在这冷酷的季度　我必须

让火焰蹿出壁炉

我的思想也安定下来

我的思想它已不再疼痛

我在浴缸里里里外外洗我自己

我找出所有衣服

我所有沾满汗味烟味霉味痛苦味的衣服

我把我能找到的属于我的一切

全部倾倒到桌上

我向桌上再添一盏火红的灯

便在椅子上郑重就座
我坐得无比耐心
因为我知道　那三个人
就要动身
动身向这里走来了
脚步可能咔咔作响也可能无声无息

我想到他们出的价码
我知道那三个穿黑衣服的人快要到达了
我看看桌上的一切
我看看门上的插销
确实已被我拔下
这多好
预言在云中隐隐响动
三个黑衣赌徒就要应邀而至
到我这间屋子来验收了
这多好
我把一切都放到桌上
放到一干二净的桌上
三位　　这多好

1986

等信的人

星期天快要完蛋的时候

我就赶到院门前

等你手中出发的信

那清秀的语言使我富裕

我等你的信件

在人们喝着鸡尾酒与情人共用晚宴的时候

在灯光倏然沉落于床榻的时候

我都在门边等你的信

我会等很久吗

很多天?很多年?

终于我等到春暖花开

等到大雪封山

我站在雪中

冬天一堆堆环绕四周

我渐渐沉默不语

但还在等你的信　在等你

在等一种美好的感情

如今只剩下它让我能够抵抗寒冷

在那所谓的新的一天　星期一

1987

听

对面的门响了一下
夜快要深不见底
像奴隶制那样黑暗了
对面的门响了一下
动物全家都操起了鼾声
或到有钱人家使用牙齿去了
对面的门还是响了一下
勇敢的手都转向乳峰
爱情早已在房间里筋疲力尽
可是对面的门
还是响了一下
响得千辛万苦

1987

从这里望出去

从这里望出去
许多云在行走
千方百计学出点样子
使阳光更为阳光
从这里望出去
我确信这是世上可能有的最小的窗口
或者城市的一个毛孔
或者史记的一个漏洞
反正我常从这里拍摄人世风景
我没有镜子
我没法见着自己
一切对于自己的愿望都是徒然
只见他们和她们手与手连成一线
从很糟糕的地方拉过去
传递千人一面的消息
之所以我爱从这儿望出去
是因为
那一定是我十分想望的时候

1987

鸟　王

我是一只鸟
我不过是一只鸟
像别的鸟一样会飞
我出现在山谷上空
并没有任何意图
只是同别的鸟一样
出门散散步

我的形体很大
是人类所说的北方的那种
我不过是身体很庞大
这其实使我吃尽苦头
很多次在逆风中九死一生
与别的鸟一样
我很多次在逆风中差点被死神收入囊中
我知道是因为我无法飞越规律

我的规律在我的上空
像别的鸟一样
我的规律比我要巨大得多
是人类所说的不可挣脱的那种巨大
我不过是一只鸟

我喜欢独自旅行
是因为我喜欢独自旅行

我出现在山谷上空
这个山谷有一个大雪封存的村落
是人们所说的交通极为不便的村子
我像别的鸟一样同这村子打了次招呼
就招呼出许多人来
从他们的手势看
我已经成了他们一生讨论的焦点
我想离开这种景仰
是因为我不过是一只鸟

后来我出现在城市上空
那里有糊满盛装的女人
还有成打的智慧的人体
这次我没打招呼
是因为我不应该再成为焦点
我飞离这个城市时
看见一辆很长的车
是人们所说的那种一日千里的火车
朝我打了声充满敬意的招呼
我很难过地飞走
是因为我只不过是一只鸟
只是在那巨大的规律之下
身体比别的鸟大一些而已

我边飞边想
我被拥为鸟王
只是因为人类没有体验过作为鸟的苦衷

1987

春天在对面的酒店里喝着龙井

看哪　正是在对面的酒店里
春天慢慢喝着龙井
一条宽宽的马路将我们
与它隔得很远
从我们中奔流而出的
巨大的声响
被马路上的北风冲走
我们冻冷了的血快要滞流了
而春天
那来自爱人脸庞的春天
却坐在对面的酒店中央
慢慢喝着陈年的龙井
从她杯子里升起的
强烈的气息
被马路上的北风冲走
我们被情感堵塞的喉咙快要变节了
而春天
那来自爱人语言的春天
却把彩色的斗篷放在又皱又脏的桌布上
同麻木的侍者谈论
长长的菜谱

看哪

1987

马儿应该振作精神是不是

马啊　你听我说
在这连新闻纸都十分紧张的年头上
在这连绿点儿的树叶都难得一见的季节中
何况情人呢
那打着响鼻的抖着火红鬣鬃的情人
已在雾蒙蒙的雪光里尥着蹶子离开了你
它那没有车票的手
早已搭在司机老李的感情上了
马啊　你听我说
在这连雨水都僵硬了的年头上
在这连大地都脆弱不堪的季节中
何况爱情呢
当你醒悟过来用你的鞍子接住满空彗星的碎渣
准备漂流整个科尔沁时
彗星们也将骨碌碌滚落草丛
何况爱人呢
马啊　你听我说
你听我借疯了的北风说出的
是多么真实

1987

山　鬼

其实没有一双眼睛
握住过山鬼的手
山鬼骑一匹白色的大马
时时从月色中穿过
这团白色的火常常让我呻吟
直到吟完满心恐惧
这时　山的身影横在门前
我清楚地看见
影子潮水般退下
又潮水般涌来

我常被山的声音迷住
在风雨之夜　我曾听见过哗哗的马蹄
在溪水横流的卵石上踏起火花
年年春天　清明之前
这些火花站在各种藤蔓身上
让祭祖的手带到远方
远方常有人突然死去
在死人的身上　我们总能找到些什么
它们山鬼一样从我心里走过
只是上衣再也不能汗湿
我们　以及那些趴在山坡上的碑石

都靠山而活

1987

夏时制下午三点的敌情

过去的句子无法画出下午三点
甚至弄不出它衬衫上的一条折痕
我最近到一座大楼中去受悟
看它的每一根骨头　肌肉与肌肉接头的暗号
以及汗毛孔在阳台上的指向何在
我从水里捞起我乌黑的笔锋
把它划开　找出它真正的心脏
在下午三点　许多种鸟就从这楼梯上飞过
翅膀可能刮起过我脸上的尘土
在硬硬的铁椅上
我硬硬的还在
我聆听时钟提示
在离天黑还有五个小时的地方
我感到半夜鸡叫
从一只足球中传来

1987

午后的好风

午后的好风如此令人沉醉
风把我吹到门外
我如一片轻叶　飘落杨树之下
风仍鼓翼而来
吹动我大脑的水波

在我的后面
杨树浑身沙沙作响
和着远方朵朵白光
白光横向飞动
纯白的影子布满草地

谁在屋里忙着失恋
为何不出门见见午后的风
在风中做些优美的事情
例如可以向我学习
到草浪上轻轻飘摇
安静地度过整整一生
一生不过是一个下午

1987

窝　棚

我进门之后
门响了很久
天比你的脸要蓝
如同许多叫作东西的东西
感情就悬在挺直的鼻梁上
一晃　又一晃
我心激动　我心呼喊
我心沉默
我心好画最旧最丑的图画
坐在脾气很好的椅面上
千刀万剑
由墙缝游来的阳光
刺伤脸上的波纹
渐渐折断
落地有声

秋天　这红色打败蓝色的时代
从屋顶哒哒哒走过
灰尘如同鸽羽飞往四野
青草的颜色变成水
我安然无恙

窝棚留我住到很迟

1987

一次会见

我不抽烟　也不必说话
我可能在倾听你的面容
你酒瓶后阴郁的手
在转动心的齿轮
你关于爱人的论文
在十年前就已写完结尾
我不说话　也不必吸烟
曾垂直而下的雨线
如今在你我之间横向放射
水光漂流
你的脸暮色苍茫
在六点钟的饱嗝里
你不再说话
直到云暖日出的时候
铃声破门而来
挥挥手你去讲台授课
你教当代文学第八章第一节

1987

某个上午

门已经掩好
没有钟声的花朵
在耳边摇晃
把心解开　夜晚
又从草地上归来

这个平凡的日子
太阳仍然那样年轻
我们仍然如此相爱
为了一次远足的疲惫
为了生命像那岩石
在岁月的朔风中那么永久
我们开始
我们默默地收拢
眼泪在安静的光明中飘落
好像一种安慰
远处传来歌声

1988

干草堆

我真的想过　有一堆干草
慢慢从草地上拢来　最后耸起
就在我的窗前
在树林外围　曾经雪人坐落的地方
只要我起床走到那里
就能遇上它
能闻出它的体香若明若暗
我想过有一堆干草
属于故乡的财富
它是我们儿时的家
我们就从那里进出　一个男孩
和一个女孩
挽着手　头挤在一起
在那里打滚　累了就躺下
四脚朝天　看阳光纷飞
我想过确实有过一堆干草
在很远的地方　在多年以后
属于另一些孩子的小手
他们光着脚丫　带着纯洁的心思
他们欢笑是因为有了这堆干草
他们哭泣也是由于这堆干草
他们不知道的是

有一个在城里写诗的人
看见过下雨天里
闪电照亮草堆边成群的蘑菇

1988

日 志

晴天时一直在屋子外面吃饭
这样就能面向整个世界
有时难免喝点白酒
下雨就回到屋里
在厕所右边那间屋里
有我的一张床和一部单车
一些诗和一些朋友般的面孔
有很少的时候
在纸上写几句话
总写在格子外面
那就是感到没法生活的时候
别人能在纸里进行呼吸
我也有这种可能吗
用平淡的生命和眼神
与平淡的语言组合
杜鹃花开遍南山的时候
天真的亮了
如果是晴天　阳光准要嗡嗡作响
而我一定又会出去
并且停止写诗

1988

秋日下午

处在屋子里　周围空洞
我　比周围更加空洞
我像一些事物的翻版

那些外表光亮的事物
携带着铜像　在平原上升
沿着群山构成的曲线向上

一片落叶
像一柄黄色的锤
把情人的手砸碎　那伸过来的手
她说起过如何忍受

现在我不说怎样忍受
我坐在屋子里　落日在哪株树上落下
那天上的树
曾用自己的影子打扫春天

按照契约　我什么也不去做
包括静静地坐一会　包括抓住秋天

昨天是一轮光

轻轻地从西墙移向东墙
它是那样安静
就像是
没有它一样

1990